当星光还在流淌

小跳跳 著

上海文艺出版社
Shanghai Literature & Art Publishing House

图书在版编目（ＣＩＰ）数据

当星光还在流淌 / 小跳跳著 . -- 上海：上海文艺
出版社, 2024
ISBN 978-7-5321-9005-8

Ⅰ . ①当… Ⅱ . ①小… Ⅲ . ①诗集－中国－当代
Ⅳ . ①I227

中国国家版本馆 CIP 数据核字 (2024) 第 073991 号

发 行 人：毕　胜
策 划 人：杨　婷
责任编辑：程方洁
封面设计：一城文化
图文制作：一城文化

书　　名：当星光还在流淌
作　　者：小跳跳
出　　版：上海世纪出版集团　上海文艺出版社
地　　址：上海市闵行区号景路 159 弄 A 座 2 楼
发　　行：上海文艺出版社发行中心发行
　　　　　上海市闵行区号景路 159 弄 A 座 2 楼 206 室　201101　www.ewen.co
印　　刷：成都市兴雅致印务有限责任公司
开　　本：880×1230　1/32
印　　张：12
字　　数：312 千
印　　次：2024 年 4 月第 1 版　2024 年 4 月第 1 次印刷
ＩＳＢＮ：978-7-5321-9005-8/I.7092
定　　价：78.00 元

告读者：如发现本书有质量问题请与印刷厂质量科联系　T：028-83181689

序

与生活之海对位、和解，以及作为
倾听者的飞鸟

胡桑

诗人的声音是一个谜。

声音源于诗人的身体，源于情感、经验和心灵，源于智性和沉思。声音的沟壑内流动着物质的溪水，也浮动着精神的气息。声音承载着人与生活的冲突，也内旋着一个宇宙秩序。声音让一首首诗有了饱满的躯体，有了独特可辨的面目。声音既朝向实在的倾听者，也邀请不可见的倾听者。

生活在常熟任阳镇上的小跳跳，是我多年的好友，一直在写诗。我喜欢她的诗中的声音，宁静中涌动着激情，清澈中持留着混沌，细微中容纳着辽阔，朴素中邀约着意外。在她的诗里，我能听见流水的激越，海水的辽阔，山川的安宁，果园的丰盈，树叶的舞步，竹林的秘语，能听见心灵深渊的孤独，情感巅峰的呼喊。她的诗是自由的，如倾听着人世的飞鸟。她的诗是激情的，如渴望被听见的大海。词汇、句法、分行、停顿、延续，在她的诗里，都不可测度。她的诗在形式上显得散漫、无拘无束，在声音上又那么充盈、清澈。因为正是深不可测的生命激情催动着她的声音。读她的诗，必定会被她的生命激情感染。

我们十几年前在网络论坛上因为写诗相识，后来又成为生活中的好友。我有一首诗《赋形者》是为世人熟知的。这首诗

1

便是献给她的。那是在 2010 年 10 月 26 日。那一次，我去她家的葡萄园摘葡萄、吃大闸蟹。我在诗里写过她的"声音"。她的声音让生活有了"寂静的形状"。而她的生活，尤其是诗，呈现出"轻易的形式"：

> 生活，犹如麦穗鱼，被你收服在
> 漆黑的内部。日复一日，你制造轻易的形式，
> 抵抗混乱，使生活有了寂静的形状。

但她的生活不是真的寂静，而是暴风雨前后的寂静，是倾听者尚未到来或已经里离去时的寂静。因为她的诗无时无刻发声。在有些时间，她写诗的密度极高，有些诗的题目会一再重复，比如《日记》，特别是近年来的一系列诗：《无用》《余生》《设想》《村》《今天》《名字》等。她还有很多以时间为题的诗，比如组诗《二十四节气》（2022）。她敏感于时间，时间成为活着的见证，也成为虚无的记录。这成就了她的写诗的耐心。耐心源于她对自己和世界的日复一日地倾听。

我们第一次见面则是在 2008 年 10 月 14 日。我们游走了沙家浜。我写了一首《与小跳跳漫步沙家浜》。初次见面，我就注意到了小跳跳的"声音"：

> 树不说话，你的话很多，
> 但话语就像宁静的雪。
> "巨大的事物是对世界的一次冲击。"
> 雪落下，重新安排我内心的秩序。

其实，微小的事物对世界同样是一次冲击。小跳跳的家在戚浦塘边，在她的诗里，她称之为"七浦塘"，应该是民间的写法。戚浦塘是一条非常朴素、微小的江南河流，一如小跳跳的家，以及小跳跳的生活。

小跳跳的生活尤其是婚姻出现过变故。在我读大学的年龄，她曾经离家千里去广东当编辑，也可以说去冒险。后来她在伦理、情感、道德、律法的多重召唤中，回到了任阳小镇。她开始寻找自己的生活，重新设定自己的日常身份——一位美容医生。然后，我读到了她写于2018年的《七浦塘》：

　　　　那个眺望湖水的人
　　　　那个模仿着自己的人
　　　　那个撕扯着影子的人
　　　　他就是湖里的那个人
　　　　他们一同生活多年
　　　　终于熬成了岸边的枯木
　　　　终于熬到了
　　　　动一动手指
　　　　他就能把那个波光粼粼的自己给抠出来

　　我惊讶于她在诗里用了男性的"他"。这个"他"眺望着水面中的另一个自己，一个模仿、撕扯自己的人。与自己内心的他者、与自己的影子常年生活在一起。可见，"他"是多么孤独。生活是用来"熬"的。但熬的结果是"动一动手指，他就能把那个波光粼粼的自己给抠出来"。整首诗是视觉性的，或者说目光性的。什么样的人才会凭借着目光度过、熬过一生？一定是一个充满着声音的激情而无人倾听的人。这个"他"里无疑有着叠影着小跳跳的"她"。

　　小跳跳从2002年开始写诗，已经写了20多年了。然而，她几乎没有学徒期，只用了一年左右的时间，就把诗写到了纯熟的地步——也就是说，已经找到了自己的声音。在我们这个追求、膜拜技术的时代，小跳跳的诗歌就像是对我们时代的反讽，反讽得那么风轻云淡。2003年，是她写作大爆发的一年，写了六七十首。她会去观察身边的人，比如《在早晨》写了一位推着餐车的人。她的想象力在诗的后半段开始自由不羁地游动：

　　——哦，如果它们都不见了，他的衣服不见了
　　他的餐车不见了——
　　他就能想出更神奇的事儿
　　比如制造出一段音乐
　　让痛苦在世界的眼睛里滑翔
　　让麻雀的叫声胜过夜莺
　　喳——喳喳——他跟着欢叫
　　沉闷的心能苏醒
　　他变得宽广，透明的脑袋
　　翻滚着一片明亮的海水

　　正是声音让他的"沉闷的心"醒来：一段音乐，麻雀的叫声，还有被两行声音夹着的一行生命情感——"痛苦"。这些让他变得宽广，让他的脑袋里"翻滚着一片明亮的海水"。
　　在一些人眼里，小跳跳的诗有时候会显得随意，不节制。但诗的可能性就在于它有着无限的可能。随意和不节制，到了随心所欲的阶段，就成了诗的一个方向，并且能打动人。小跳跳的诗经常能打动我，其根源在于诗歌内在的声音以及与之匹配的想象力。她的诗并不缺乏令人欣喜的修辞。
　　她是敏感于女性经验的诗人，尤其是对"痛苦"打开了着高度的听觉。写于2009年的一个断句"对痛苦的要求很高，对快乐的要求很低时，我们卑微而幸福"透露了她内心的秘密。这痛苦来自她女性的身体和身份。《女人》写于2003年：

　　女人是一幅刺绣
　　它静静地悬在城市的上空
　　我们因为忧郁

因为她侧着身，而看不清楚
我们在年纪大的时候抖动
她走过来，把手搭在我们肩上
忘了彼此属于谁
忘记夜空如何在消失
我们真诚互望，默默流泪

　　女人是刺绣一样的凝视对象吗？显然不是。她是有着鲜活生命、有着可行动的肉身的。在小跳跳的诗里，女性与女性之间会产生天然的友谊。而一些特定的男人，丈夫、父亲，都成了带来痛苦的人，限制行动自由的人。但她并不激进，并不愤怒、摧毁。女人与女人之间在"真诚互望，默默流泪"之时完成了对生活的短暂的超越。视觉、目光又成了人与人交流的方式。而"流泪"则是无声的痛苦的对应物。
　　同样是2003年的诗《这样的一天》，写到了母亲。我们会发现，小跳跳对"爱"的承认，同时也构成了"爱"的沉默和"爱"的痛苦。诗的结尾是：

母亲的微笑
母亲的呼吸
这是肩膀上沉睡着露水的早晨
蚯蚓翻出厚实的泥土。我承认我的爱
在旧报纸中读到的东西使我回到年轻

　　其实，小跳跳的诗并不随意。随意的只是她的句法，但她的经验、情感清晰可辨，得到了认真地对待。她的诗是具体的，而不空浮，她的诗是切身的，而不邈远。这也是当代诗的任务之一：回到具体而切身的生活。而她的诗中的声音仿佛裹挟在这一生活上的云雾，让与生活对位的诗句显得散漫、混沌，却在旁枝末节中，显露出诗人真实的存在。她从不隐藏自己的情感。比如还是一首写于2003年的《零三年的六月十二号》的结尾：

亲爱的，无论怎样，我想不起你了
关上门，清晨，又打开
我想不起我爱的你了

"爱"既是激情和欲望，也是人对他者的渴望，对共同生活的邀约。但，"爱"在小跳跳的诗里显得那么艰难，甚至带来很多伤害。带着这样的情感去观看身边的人和事物，使得小跳跳的诗里，总有一个"需要"着的个体。令人略略悲伤的是，面向他者的"需要"是被动的，取决于他者的回应。此时视觉就会超过听觉，就像她在《我的需要》（2003）中写的：

而我年轻，而我需要一些化妆品
需要一些谎言
一台电脑、网络
一个舞台，红色的霓虹
我凝望着某个明星的瘦小面孔
凝望着张惠妹
或许美静——我爱她们
我需要白烟中的舞蹈

张惠妹或许美静，两个流行的象征符号，恰恰成了她爱的对象，成为她的视觉的寄托物。这里面有着纯真，也有着悖谬。正是源于内心强烈的声音，让小跳跳在诗里得以敏感地观察。她的目光经常停留在家里的人（如母亲）和事物（如化妆品、电脑、明星海报）上。

在小跳跳早年的诗里，"父亲"，尽管是"戏的主角"（《生日》，2003），却是不成比例地缺席的。而"母亲"，成了她的诗里的真正主角。她和母亲，是两个似乎有着相同命运又相互无法沟通的人。写于这一年的《两扇门》令人印象深刻：

母亲坐在门边
编织着毛衣，风时而吹过她的手
我幻想自己拥有风的速度
穿过我的门
去握住她，理解她的艰辛
然而，我的心中仅有一只鸟儿
两只巨大的翅膀像乌云拢在一起
这平静的世界，听得见我们
在两边不停地哀鸣

这首诗从视觉逐渐转移到了（风）触觉，最后进入了听觉。而在这里，听觉是被动的。小跳跳不是想去倾听世界，而是渴望世界倾听她和母亲——倾听她们的"哀鸣"。显然，这是两个被困在各自的日常生活中的痛苦的女人。但她们之间并不能倾听对方。她们各自封闭、囚缚在自己的门内。这样的隔绝成就了小跳跳对自身痛苦的透彻领悟，并让流动不居的诗句获得了坚实的堤岸。

然而，在小跳跳的诗里，"爱"是一个高频词：

而伟大的
愿望就是雪，一片一片被吹亮
和我相爱

——《灯光》（2003）

我回忆着
那么多的爱

7

那么多能将心撕碎的力量
一圈又一圈不停地跑
直到镜子出现裂痕

——《在这个春天》（2009）

我多么无知
爱得热烈
甚至忘记了窗台上的寂静
忘记我多么害怕独处

——《此时》（2013）

我的海，你就是我所爱的男人
一个美丽的谎言
我多么喜爱你
这种情感，在阳光下穿过了小镇暗涌的波涛

——《我的海》（2016）

我深爱着我的爱

——《深情》（2018）

这一切，在得到与逝去之间
为爱而生的灵魂
为感激自己从黑暗中潜行而来

——《夏至》（2022）

　　我引用这么多诗句，不只是想说明"爱"之于小跳跳是多么重要的写作素材。我试图解释，她诗歌中强烈的情感源于何处，她的具有极强穿透力的声音源于何处。爱的不满和缺失，让她深刻领会并坦然承受了人世的虚无和空茫。以至于，到了2019年，她依然在写："我每一天都惆怅，没活过的每天我都在敬仰这份惆怅。"(《意义》)但,她并不只是宣泄惆怅。"敬仰"这个词,让"惆怅"具有感性的肉身,也让"惆怅"有了张力。诗歌写作正是要让词语获得感性的肉身,让我们可以观看,可以触摸,可以倾听。

小跳跳善于在诗里观看和倾听。观看的出现,是被不可实现的倾听所挤兑的。因为倾听才是"爱"的根本渴望。幸福的爱,在于能够常常倾听恋人的声音,听出不可化解的浑然,听出难以简化的差异,听出无须传达的神秘和超越。但是,当倾听受阻之后呢?"爱"就化为了涌动不息的大海,成了"在阳光下穿过了小镇暗涌的波涛"。因此,小跳跳在诗里一再地观看他者:母亲、父亲、忙于生计的居民,尤其是"恋人"。观看,保护了爱的主体,不至于被伤害。但悖谬的是,观看往往是被伤害后的妥协,是不被倾听后的无奈。比如她在《而,自尊》(2007)中写到了观看:

而在夜晚,
而我流着泪时看着你
而我坐在你的前面时,你却看不到我
触摸不到我的身体
感受不到我的温暖
倾听不到,我为你跳动的脉搏
我爱着你,我流血,这一切你无从获知
你是个不可理解的人

诗的语调里透露着轻微的埋怨,但更多的是,自我生命激情的示演和鸣奏:"我流着泪""我的温暖""我借你跳动的脉搏""我爱着你""我流血"。"我"一直占据着声音的主体地位,而这个"你"成了被观看的冷漠对象:没有能力触摸、感受和倾听,无从获知。"你"是一个不可理解的人,或者说是一个无能的理解者。小跳跳的诗的可贵之处就在于散漫。这散漫，意味着宽容和理解，对超越他者的声音的倾听，也意味着倾听的渴求，倾听的缺席而形成的静默和痛苦。但，她的诗并没有走向神秘和邈远，也没有走向宣泄和臆想，反而是一直在近处涌动，在低空周旋，在大地上踽踽独坐而观看、倾听着。这个大地就是七浦河畔的任阳小镇。

这个小镇出现在小跳跳的诗里，是和解所致。在《寻觅黄草荡》《迎阳桥》《在十字路口》《七浦塘》是见证之作。在寻觅、凝视、漫游中，小跳跳要与当地和解，与自己的生活和解，与他者和解，比如，与父亲和解。2007年以后，父亲逐渐在和解的状态中出现。直到写《寻觅黄草荡》那一年，即2011年，小跳跳写下了《养鹅》，一首叙述父亲劳动者形象的诗：

> 还有没下咽的口水，还有窥视在远处的黑
> 扛回一大捆鲜草，父亲刚刚结束劳作
> 农具倾斜着被有力的臂膀插进门框边的土壤中
> 他走进去，以食物安抚它们
> 像他滴下的血洒向铁锹锋利的切口

父亲的"声音"在这里是缺失的，但视觉形象十分鲜明。结尾"血"和"切口"让父亲的生命有了质感和重量。因为，在《寻觅黄草荡》中，小跳跳已经写过："这里的生活富足，像太阳造访。"而在2015年的同样是写父亲的《递给我已经焐热的伞把儿》里，她写道："该死的，我爱着这样的生活。""该死的"这个口语词，让"爱"显得既世俗又超越。

其实，早在2007年，小跳跳的诗中，已经开始和自己的生活、自己的小镇和解。甚至更早，在2004年的《诉说》中，她写过："一个人，一生，在这里，枯燥而幸福。"对的，就是"在这里"。与其说，她是任阳小镇上的狄金森，不如说是任阳的佩索阿，或者，是卡夫卡和陶渊明的合体。通过诗，她在

荒诞和澄明的生活之间摆荡。在自我和他者之间来回移动，在虚无中和解。在生命中的一个时间点上，她已经理解了，所谓爱的激情，并不是去对峙，去炫耀矛盾，而是让自己身体里的野兽变得"温顺"。因此，她的诗的声音就迅速凝聚了，并开始向着"枯燥而幸福"的周身世界也向着辽阔的自由世界"诉说"。在《平凡女子》中，她写道："她耗尽一生，耐心喂养身体里的野兽，直到它们变得同她一样温顺。"温顺，当然不是安于权力结构，安于不正义和不公平的生活。恰恰相反，温顺意味着辨认，意味着辨析，承认生活中丑陋不堪、难以平息的差异。以至于，她终于能够在楼宇中看见温暖的情感——"有大片的建筑互相依靠着取暖。"（《安眠》）

依然是一首2007年的诗，《献词》，采用了一种十分抒情的语调，表达了与"常熟"的和解，或者说，对本地的承认：

常熟，你的水，赐予你的是一个永远鲜活的生命
我们是无知的群体，是大街上一只只飞翔的鸟
在你的胸脯上列起长长的队伍仰望，崇拜着你

飞鸟和大海正是小跳跳诗里的核心意象。大海，本身就是自由的元素。飞鸟，是渴望超越束缚、渴望自由的他者，或是爱的对象。而飞鸟的声音，在空中，会显得极其隐幽、辽远而苍茫——这不正是小跳跳细腻而散漫的诗风中的内在质地吗？她在《大地》（2003）中写道：

啊，那流动的欢快同时吸引了鸟儿，它们过来嬉水，毫无顾忌地弄湿它们的羽毛；倘若一有惊动，它们便立刻飞走，越过我的屋顶。
亲爱的，鸟儿每一个细致的动作都是我的财富与快乐。

她的诗中并非没有快乐，她渴望让快乐在诗里流动。但快

乐诞生于他者的存在和爱。"飞鸟"就是那个带着爱而栖止在她的诗里的他者。这也能解释，小跳跳的诗中为何不厌其烦地出现的呼语"亲爱的"。那是她的诗歌的倾听者，那个携带着爱飞翔的他者。"亲爱的"，这样的称呼和召唤，就在她的诗里构造了"我和你"的倾听和被倾听的关系。比如《爱》（2013），她进行了自我关照和分析："亲爱的，如果我选择了这样的方式爱你，相同的，我的诗中会出现那么多个我所爱的'你'。""你"就是诗歌吗？没有那么简单。"你"是因为生命激情丰盈而出现的需要去、渴望去爱的他者，也是因为爱的缺失而虚构出来、让生活之爱变得丰盈而具体的他者。在他者日益消失的当代数字社会里，小跳跳诗中丰盈而具体的他者是多么可贵。

　　小跳跳的诗总是有着出其不意的转折，令人喜悦的过渡，起伏不定的诉说。这一切并非从散漫中得来，而是需要足够结识的经验支点和情感框架。于是，小跳跳的诗，逐渐走向了气定神闲的轻盈和动人。比如，写于2018年的《用尽一切》，只有四行，却写得那么自信和自在：

　　虚无多么沉重
　　今日阳光扑来
　　我是那一小撮不会悲伤的灰
　　我被吹开，才见到你那朝我挥起的手

　　从沉重的"虚无"开始，到轻盈的"阳光"的引入，到"我"的翩然出场，一切那么恰到好处。曾经那激情的声音在这里消弭成了和解的声音，化为自由的存在："那一小撮不会悲伤的灰"。最后一行里的被动性和敞开性特别令人感到亲切。唯有谦逊，让自己在巨大浩瀚的事物（虚无、阳光）的冲击下自然而然地存在，那么友善、充满爱意的他者才会到来，才会重置"爱"的空间、关系和气息。

诗，终究要面向切身的世界，面向能够与我们联结的他者。
让我们再次倾听这句诗："我被吹开，才见到你那朝我挥起的
手。"

2023 年 7 月 26 日，上海金山海边

目 录
C O N T E N T S

第一辑

附录

第一辑

（2003—2009）

日出

我所有的认知，大地知道
所有的不幸，和光同尘
我坐着，是你的色彩，等待着云层喷涌

呐喊来时，森林已将它传到深处吞进了泉水
呼吸来时，我的手指在颤抖中拨动了血液的飞奔
你选择了我
我选择以识为不识

这世界只剩下一颗头颅独自仰着
它的影子在天上，红彤彤，白茫茫

2003.5.18

空白

美人，现在你可以带来永恒
森林长久的静谧是和谐与冰冷的语言
一道闪电只是一只蚊子，它啄破了夏夜
一些画在树的背后燃烧
你把双腿分跨在我的膝盖之上
把光，安放在我的瞳孔之中，水从下面涨起来
淹没了城市的恐惧。我们变成灰，一片片吹开
这个世纪却坐着不动，仿佛一只老蛤蟆，在讲故事

2003.6.12

红花

我一直想说，我们在水里，而非水面
我们是一朵朵被掐去柄的红花
叶子，不再提供给我们养分
我们必须下沉，被黑暗触动。在路上放养一只只雏鸟
让它们有的死去，有的生存
在黎明时分太阳的瞥视中，摘走我们的耳麦
我们才落下来，碰到结实的泥土而不再忧郁

2003.6.12

凝视

它们从附着尘土的桌面掠过我的鼻梁
电脑屏幕在阴天苍白而泛着光，一只蚊子
偷藏在角落，它抖动着细腿
不曾停留，它们又飘走
它们拧来了更远处的景致：人们搅动着湖水
湖水涌现了皱纹。荷花
支撑着莲蓬，有的已被孩子折断
这是秋天，有人告诉我，他们感受到凉意
我听不见蛙鸣，只有柳树
告别一个又一个行人、自行车和吆喝声
桥梁一直不曾移动。母亲又要出门
嘱咐我把桌子擦干净
这次，我不知道它们又要去哪
抖落的尘土躺在一个
我现在看不见的地方
很快，我们又会相遇

2003.3.10

期待

多久之后我们能相遇？
我们确定，在那样的季节里有一场丰盛的晚宴
我们把表情藏在一个人的演讲之中
他走出来，他黑色的毡帽，他的翘头皮靴
我们盯着他表示尊敬，为他的谎言鼓掌
他说，这是叉子；他盯着我们的面容、身躯
这是食物。他没有坦言
在不安中，我们把帽子越叠越高
吉他手演奏起来，气氛融洽
灯在城市之上照亮了水，小船儿互相碰撞
我们迷失了，在那碰撞的上面，手舞足蹈

2003.6.12

过程

所有的故事
只用一个透明杯子
压着它们的意念，压住涌动的茶水，先生！
我从一条湖岸
游向另一个危险的旋涡处
每天奔波，毫无用处，我们努力平静
陪着它们，心中的小鬼
在紧张而荒诞而封闭的房间中写作
我们被词语甩来甩去
把自己的悲剧放大
我们点上烟，烟雾缭绕，迷惑真相
描写是一个挣扎的过程
我看见裹着尿布的孩子在爬
我给您泡了茶，先生
我们在谈写作
纸上的景物越来越清晰
有些残忍的事实也必须添上
比如，比如我们都将死去

2003.6.13

女人

女人是一幅刺绣
它静静地悬在城市的上空
我们因为忧郁
因为她侧着身，而看不清楚
我们在年纪大的时候抖动
她走过来，把手搭在我们肩上
忘了彼此属于谁
忘记夜空如何在消失
我们真诚互望，默默流泪

2003.6.13

红色的葡萄皮

我爱你，红色的葡萄皮
我爱你躺在我的小杯子里
在桌上制造深沉
掺杂着吐沫
我的生活就是你的
酸，甜和苦
还有涩涩的留在我的舌头上
夹在我的书中
我爱你
在不知不觉中干瘪、失去光泽
我爱你赴死的勇气
我爱你
你的幻想
我可爱的——葡萄皮
哎，我沉闷又饥饿的一天

2003.6.13

诗学

我没有根的诗学
这愚蠢的航海家
就快沉没，它不愿拥有悲伤和忧愁
在清晨像桅杆摇晃，在枯枝上悬挂旗帜
它，已经将我的思考振荡
而我们却彼此不相属
没有蓝鲸和花皮蛇
鱼儿活动频繁，它们很累
看看，都掉光了毛发
世界呵，仍需要寻找捕猎者
需要其中的一条鱼，逐渐进化
我不曾想到未来的神圣，这样抑或那样的选择
衰老前，漂浮于一根瘦弱的海藻上仿佛乐园

2003.6.15

重量

如果一首诗是一个人
我在想，它到底有多重？
需要多少的细胞和精力，大致一个世界？
我在承受，男人谎言的力量
我的母亲，一直热衷于唠叨
她是一个平凡的人
我也是，我不想为此自我嘲笑，或者提高
自己的地位
许多年后，我仍是这个家庭重要成员而普通地死去
我工作而并非因为喜爱它
我不用思考任何一种尘土存在的可能性
它们，就会趋炎附势
早晨，我可以在早餐边发现它们
一只苍蝇带来混乱
一只蜻蜓的荣耀，我想，没有什么

2003.7.22

光线

这条宽敞的路
没有方向,小屋建在中间
一个人蹲在巨大的圆心
他在锤打
催促着周围事物的芽
在绿色的山顶看见爱人,看见
黄昏是赛马场,我们都把手举过头顶
我们召唤鱼和太阳
有一个愿望,将从我们平庸的身上
脱落,卡在树杈
他是一堆雪。明亮,耀眼

2003.7.23

凌晨

我一直在漫步，穿过
杂草丛，村庄压着自己的影子
一些幻影被吹大、消失
泥巴和动物的毛发
粘上我的鞋。这一夜已经如此疲惫
昨天的同一个地方，有喝醉的男人们打架
女人们唱着情歌，无休止
我一直迷糊地看着脚印
它们延伸到红衣服的小女孩旁边
她在涂色，画圈
一层又一层，像我拨开天空回到童话世界
一只兔子和大灰狼从里面跳出来，
我已被迷惑：照耀在森林上空的阳光

2003.3.31

理想

我总会碰触石头
光华的外表，它们不时地沾满尘土
有时就跑到我的脸上
有时，我捡起它们扔向远处
有时就在脚边
让我踩，哦，我为它晃动
它们高高垒起
不会说话，看着你
一次或者两次，你可以离开
也可以蹲着，好好研究

2003.4.2

梦

一片叶子礼貌地下坠
穿过风，穿过沙漠
到达你的头顶——世界狭长
在山和山之间
在海水和岩石之间
当慢慢收缩的景物逐渐清晰，你将变得恐惧
你将摇晃，成为田野里的一棵红高粱
你在一个坑里，放上一节高举着太阳的手臂
然后铲土
把土堆高，越来越高直到看不见
房子和放牧的草地，直到声音变得遥远而真实
你才开始平静
和孩子们一起听故事：
飞机正在远处起飞，有光，有树

2003.4.7

走进一个人的房间

在石头与石头之上
燃烧一夜，成了纠结一起的花朵
我们被种植在干净的路面
互相安抚，互相修剪
远处的蜜蜂从有光的树叶里钻出，带着声音飞去
人们把我们的影子拉长
我们的眼睛成为一个个坑，我看着你
我们突然惊叫，发现自己身体里黑色的巢穴
这个房间就是一面被放倒的镜子，在一个人之后
在海潮之后，在燃烧的翅膀之后
我们衰老，我们爬动
我们变得庞大
整个蜂群晃动着身体，迷惑着光——
在光洁的地板之上
在石头与石头之上，我们拥有了理想
是一盏灯，一个柜子

2003.4.9

零散的记忆

这个春天伏在一只甲虫红色的背部喘息
是一个披着长发的女人抱着水
在有蓝鲸唱歌的地方睁开眼眸
她缓缓蠕动,轻轻抬起
透明的手臂
在黄昏下
她是一条蜷曲的蚯蚓,收集云和雷雨
收集泥土深处坚硬的颗粒
她抖动着
随时会掉下来,远处呐喊的声响
传来回音,然后很安静
而驮着她的,那只甲虫
把背后黑色的翅膀无限放大
她静静地开放,静静地——
这个过程精致得像一只被雕琢过的瓷器
该掉下来的时候就摔得粉碎,每一小块
就是一只黑色的戒指
她把它们戴起来,像春天套住了所有物种的芽

2003.4.11

在车上

火车在飞满蒲公英的车站里滑行
我与许多人一起
活得犹如荡秋千
阳光明媚，一个陌生人
搭上我的肩
向西，湖水始终幽蓝而宁静

一个女孩采摘着野花，她的身影弯下
蜜蜂飞来飞去，渐渐
他们在我眼前消失

果实和花朵，白色的一片
我死后会回到这个春天，看见这个座位
我的胸膛发热；而另一个陌生人
在旁边，或者前面，他总会出其不意

2003.4.14

在早晨

他推出餐车，拿着闪亮的叉子
开始同自己说话
他的身体在上升
飘过戴着绿荫的楼顶
他说，这一切无非是霞云
——哦，如果它们都不见了，他的衣服不见了
他的餐车不见了——
他就能想出更神奇的事儿
比如制造出一段音乐
让痛苦在世界的眼睛里滑翔
让麻雀的叫声胜过夜莺
喳——喳喳——他跟着欢叫
沉闷的心能苏醒
他变得宽广，透明的脑袋
翻滚着一片明亮的海水

2003.4.13

进步

我坐在门口，和黑夜一样大
一只发亮的手电筒，背对着
让我猜他的脸
他说，你随便说一个就正确
他指着一只老鼠，爬着爬着就变成了树
周围都是猫，每一只
都不撒谎。可我总记不得他的话
我带来的人，一直跟我的姓
我一直在猜
却从未发出声来
我拿出一面河，许多人游过来抓我
没有一个，走我走的路

2003.5.1

日记

我打算写一篇关于森林的日记
为此，我昨天就等在这儿
我与鸟群同宿。在一棵大树上
我的邻居是猫头鹰
在我还未入睡的时候，在月光下
探出它的弯嘴巴和锋利的爪子
远处，影子叠着影子
狼嚎拉长了路的弧线。一些树叶
被风吹得很远，一些，仍在我的脚边打转
我身边的一只大鸟
突然飞离使我感到惊慌
它是唯一的最勇敢的鸟儿
曾在我的怀里歌唱
用柔软的头，磨蹭过我的膝盖
啊，多美好
现在，我多孤寂
面对我的森林，我在这儿
黎明啄破了我的皮肤
时间把屎拉在了我的头顶
我怀念起那离去的鸟，它的颜色和它的叫声
它是我，它是我
我用震撼闭上我的眼眸
我触摸到了，庞大的翅膀所带来的风

2003.4.19

我的年龄

在春天的一个下午，我们并排而行
我们手里，拿着一串铃铛
一只候鸟回来，从芒果树的树杈
飞越我们头顶
你直接，走向与我相反的方向
我能看到你、背影、黑色漏光的树冠
硕大的芒果
微风一吹，只是掉下几片发黄的树叶
光，照着我前面的路
我们的铃铛同时，并且一直
叮叮当当响着
不知什么时候
可能是，当我们所爱的人再次来到这里
当我捡到，一小簇，泛黄
而温暖的干草
你停下来，突然转身看我。我晃了几下
终于，能说话了

2003.4.20

这样的一天

母亲穿着毛衣跨过晨光照耀的门槛
头顶的树叶动一下就会飘下来
小型轿车路过时扬起尘土
蜘蛛从左边荡到右边，丝粘在毛衣的袖口
我弯着腰，期待着这一切的到来
母亲的微笑
母亲的呼吸
这是肩膀上沉睡着露水的早晨
蚯蚓翻出厚实的泥土。我承认我的爱
在旧报纸中读到的东西使我回到年轻

2003.5.2

在黎明，我这样描绘一只茶杯

我愿意为自己盖一个坟墓
一半身体，埋在里面
一个茶杯倒扣的样子，它的花纹有些退化
它不会生长和随风摇摆，轻叹一口气
周围的人都白发苍苍
在黎明，没有了黑暗与光追逐的树叶
没有身体下面，小虫的翻土声
我不再感到兴奋，我们不再认识
我只是一个人，坐着喝茶，看见一只蝴蝶露出新触须
我用母亲的方式教导孩子，他们的眼睛
是昨夜倒影在茶杯里的萤火
而老人的脚印，时常被清风细致地雕刻

2003.6.12

零三年的六月十二号

六月十二号，阴天
留存着昨天的雨水，那海草涌动之中的傍晚
有点咸。他们在干活，而我的身体，缠住葡萄藤
向上，等待黑夜。我比他们知道的要少
可是我将在无知中获得成熟
在一个有着绿地的方位，我跳到他们头上，抓他们的头发
亲爱的，无论怎样，我想不起你了
关上门，清晨，又打开
我想不起我爱的你了

2003.6.13

商人

他的手缩在瓶子里，没人看得见
他熟悉葡萄酒的酿制
他醉了也知道门在前边，他推开，忘了开灯
过道把风裹紧，他享受了一会儿生命
默不出声，他坐下去，垂着
沉重的头。他用他的身体强调一点：
我已经回家了
这所屋子，他拥有的，他自己
他想起这一切的价值
在沉默中制造了更多的沉默——有一种力量正在攀升
再也无法压制一场惊天动地的哭泣

2003.6.19

在死者的房子

他们都说他死了。
因此,看不到他的灰衣服与别针
他们去他家,四面
竖起墙。他们搜索
自己用得着的东西:梳子、火柴、文件及钞票
有人提议挖墙脚
老鼠和壁虎长长的尾巴
快速扫过他们脚上的黑皮鞋,打破了桌上的瓷碗
停在他们头顶悬着的灯泡上
他们中的一个发出刺耳的尖叫声
如同一张巨大的蛛网盖落下来
一切寂静之物
都以特别的方式炫耀着它们寻觅的出路

后来警察来了
催促他们,在一张死亡证明书前哀悼,并离开

2003.6.20

年轻的沉默

其实我一直都很老
从不幼稚。我的另一个身体在外面游荡
因为被无知所占有
我去冒险。有时，
一根光线缠紧了脚发动了一场战栗
城市，在眼前变得清晰
我抱它，轻轻摇，就像思念小舞
我看着屋檐，这原本可以悬挂铃铛的地方
突然只悬着一滴水
破罐子抬着头，当它落下
我和小舞都将不见

2003.5.2

答应

一个男人在沉思
在屋子里
他的打印机里出来一堆愿望
一个女人
带着亮晶晶的首饰
我变成她,坐到他旁边
抚摸他扎人的胡子
我拨开午夜的天空去看他
我的烦恼就会消失

白天,一缕缕光线拉开
我变成一只布谷鸟,我在舞蹈
叫一声,他就站起来

2003.5.3

马上就走

是的，闪电来了！
就像某棵被辟开的高大棕榈
他事先应该并不知道，这是他的内心。有声音说
一切事物刚刚下床
正如他无声息地从一个女性玩偶身边滑出帐子
没有什么值得留恋的。磁悬浮列车开动
一道光般穿透整个房间，或城市
那刻，室内的碎镜子呈现出一片幽静
那裂缝正在下降
那战乱被平息的同时，一对漂亮的眼睛苏醒了
他的鞋子制造出声响，拖过地板，到达门沿
被打开随后消失。可是，那爱——留在这儿
是否还会被珍惜？仿佛
在一只光洁的盘子里敲敲打打，只要愿意，它
便可以自由回忆
没有什么水
和被烧黑的物质。没有任何
盘踞在中心被称为良心的物质而不想离开。被他
召唤的人，隔着门
就躺在那两边而不被他注视。周围溢出绿草地
树木不久将会腐烂，只要有条件
许多问题都将被安排在午后出现，并且
保证他会慌乱
但在他头脑清晰之前
一切都不重要

因为他看不到自己真实的面孔。或者
是被那眼睛所打动——
也许几十层的高楼
一场设计会让他被原先熟悉的感觉抓住
套牢、积压顿时伤心。不过
可以直望到楼下那片平地的窗户一直开着

2003.6.21

枯萎

我牵着她的手
令她害羞。她侧过脸去
一群白羊跑过来
咩咩直叫。天空晴朗
不过，我们都看不到牧童
只有羊低着头吃草
没一会，天空和羊都不见了
在刚长出的蘑菇下面
孩子，出现在我们中间
一手拉一个

2003.5.4

蝙蝠

蝙蝠挂在上面
一个女人，对我微笑
发出超声波
对我探测
也许，很久前我曾用同样的方式
探测过一个男人
他的白衬衣和袜子
他的皮鞋、走路的方式
他的
礼貌用语
他和我同坐一班车，而他，在前面
我靠着玻璃，在车尾
一起照镜子
一起刮掉，长了又长的胡子。不过
他看不见我。
我再次抬头，他正奇迹般地
往上爬

2003.5.29

一把椅子

天一黑，我就想起院子里的一把椅子
一把椅子，坐着什么样的人
发出怎样的声音
他可能是一个男人。
他恋爱，每天换一个女人
他对着电脑，抽烟
他是生活和现实的一种关系
他要考虑，他的皮带，是否随时适合他的腰
他是一个原原本本的男人
瘦了，会很麻烦
如果他是一个女人
就不必想这些事情，可以，自由地呻吟
但胖了，她就不能再坐这把椅子
而是被压扁，变成一张画
在夜晚，卷起来

2003.5.29

我爱芭比娃娃

我的芭比娃娃
我为你套上亮闪闪的镯子
疼爱着你的金发，在太阳底下
绣着小花鞋
我专心注重，你动一下
我就动一下，欣喜地看你靠近
可你又把我抛得远远的。我看你跳
允许你从我的头上爬过去
选个柔软的地方做窝
把美丽的羽毛贴在我的胸口，煽动我的呼吸
或者风一吹，就飘起来
看看，满天的白，它们都在动
对我撒娇，钻到我怀里取暖
窗外突来的光让我害怕
我想紧紧抱着你
像我爱每一棵草摇摆的姿势
像我爱海洋和潮水
爱房子，或者小水坑
谁又能够指责我呢？我只是纸和玻璃
是肥皂，不小心一动就全身的泡泡
抖啊抖的。谁知道？

2003.6.16

天亮了

天亮了，我们起床，像一群被农民遗落的草莓
在街上游戏，滚进不同的海潮
夏天变成褐色，在任阳的柏油路上
我们选择同伴
迷茫，覆盖在叶子上
小湖边旋转的波纹伸着手，每一圈都孤立
我们让世纪的鸟儿筑巢、拉屎
或者迁徙，面对蝉的狂叫，没有人能做到超越
天一黑，我们就看不清楚灯光、远处的房屋
一只蟋蟀的声音在漂泊
有时，突然钻破泥土撕裂这片空气
而街道，一直平静得没有自尊

2003.6.13

灯光

我一说黑，你就白了
翘起尾巴，对我撒娇，对我说
——你就是太阳

而伟大的
愿望就是雪，一片一片被吹亮
和我相爱

我们是两道划向两岸的水纹
两边是狭长的滑入黑暗的甬道
亲爱的，我把你挤到中间，与时间和平相处

2003.4.20

颜色

男孩趴在桌上
没有哪幅画比地上打翻的颜料更有用处
找一把不属于自己的抹在脸上，在很重要的宴会
我必须适应，不让自己贫困得低头
在镜子面前忘记颜色，把酒杯举得高高
我在男孩面前暂时表现得高大
因为我给了他生命
曾想过，某天我仍会坐在那些幼稚的墙壁前听故事
唱唱没有虚伪走调的歌，看着老师
患上阿尔茨海默症犹如在回味神圣

我还未老就急切需要感受
生的颜色
死亡的颜色
男孩的颜色
坐在产房门口
我渴望获得一种哭声
在充满力量的通道深处
我用来世的眼光看向自己

2003.3.11

如水女人

女人，从诗人的厨房出来
绕过相框和油画
绕过曾将她临摹的画笔
颜料染了一身
她已是金色的玫瑰，像独立的桅杆
有海鸥的男人围绕和献歌
某些音乐，从苏州小镇的一个早上开始演奏
琴手就是海鸥
就是从波涛里迎雷而上的海马
是飞鱼
他们必须懂得海盐的经营
懂得圈套的运用
在某天让涨痛的轮子冲过跑线
卖票员收拾剩余的票据，打开到站的车门
人们带着沉重的包袱从接受光照的阶梯上下来
他们全都被穿起来，戴在女人洁白的脖子上
一闪一闪

2003.3.11

月光

从很远的地方，我就开始
早早地
进入洞穴，我碰到篱笆
碰到一堆杂草，我被它们包围着
我很想飞，穿过树林
和八哥做游戏
让它们拽我的影子，摇我脚上的铃铛
我们一起坐着
阅读关于月亮的书
一只野兔，在那时跑了出来
我们开始争论它的耳朵，后来
我们变成一片片树叶
全部掉下来
哦这一年，一切都是银色的
甚至是人类的内脏
我假装看不见
我总是在爬，沿着他们的帽子

2003.4.19

童话

杂草遮了路线，我看不清
童话的脸
小丑在演戏么
有人来了，有人
走了
掌纹里的小虫交头接耳
云、水，在城市的大衣上悬着
我就瞧见了月亮的孩子飞落郊外的空地
火车前进
有了另一种神秘舞蹈

2003.4.20

在灯下的浴室

一切干净
你舔食着自己的手臂，在经历一天的沉重后
终于有所期待
你看着黑夜成为狭长、幽暗的通道
远处的亮点在眼眸中闪烁
想起产妇的阵痛，你想着某些美丽的翅膀攀缘窗台
窗外树的喧叫，已有过与树叶分离的经验
你是个裁缝，在针脚里成为出色的斗士
把光洁的皮肤与你的影子一起缝合
你勇敢地走出来
一边携带着吞下过多的形容词而模糊的小舌
一边凝望衰老的灯丝
时间的黑鬼们，正在外面唱歌，给出来的你献上
指环

2003.4.21

信念

那个掘土，驼背的人
他的脸
背对阳光，远离黑暗
他始终如此专心
他要完成
永远无法结束的工作
把灯泡堆高
让青色的屋子亮起来
那些工具的思考更清晰
有助于他坚信自己的劳作
蜜蜂在有花的空地上执着
他种下的自己和妻子、生活零件
犹如他埋下的奖杯
全都发芽了
在将来，在梦想中：
整座城市是个红色的花园
孩子们伸着手
一只两只
三只全都张开

2003.5.11

春天

我看到春天是个带着美丽词语的歌手
她奔跑和巡回演出
她的发言代表初恋，慢慢生长
再萎缩
她高歌着
有人跟在后头，像电话线连着高科技
甚至连着某颗正在运转的卫星
不过，总有孕妇像冰块结晶
剩下的变成少女
她的头发越来越多
成为那些受伤的多毛植物

这是一个诗人在光秃秃的山顶的想象
天空很惊奇，云听话地排列
第一个人触摸到了尾巴

2003.5.11

红马

谁是失聪的红马？一月的孩子
背对城市，在炭黑的田埂奔跑，声嘶力竭
头发乱得狂野
远处的房屋高大，瓦片裂出白色
电源里的声音沙哑
生活在礼花中黯然
朝阳的女人，怀抱小孩
面对仓促的脚步裹紧呼吸
有谁会在半夜叩响我们沉寂的门？
邀我们出去野餐。男人们带走了装满金属的鞋子
有时看到他们就坐门槛
长满胡子
谁的耳朵枕着白发酣睡
以梦为马？诗人们赶来，在城市丢弃的碎片里
看到了红色鬃毛

2003.5.12

生日

从雪白的墙壁撕下生日前一天的挂历
走出去
我戴一朵花
找个漂亮女人为我点烟
那些火星如所有事物朝尾部收拢
像一把张大的花伞成为一只雌孔雀
像靠近一面忧伤的金黄色铜镜
像靠近正午阳光成熟的耳垂
树的年轮前面是一种极其光滑的表面
我本来想说，在这个宴会上，我的父亲是戏的主角
我本来是个粗鲁的女人
我用一把颤抖的刀
准确地切开广场上巨大的蛋糕
那橘子中心溅出的汁水弄湿了眼睛和衣服
弄湿整片海洋，棉花地
瓦、剪刀、罐子，布和一些陈年葡萄酒的颜色
与马一起飞奔
这匹粗糙的马透明起来
我的母亲，突然在我面前
从椅子上高大地站起来

2003.5.13

接近

更多时候

那人像一棵树

像小丑，喜欢泡一杯黑色咖啡

整个操作过程

是极有质地的纯种香味

从红色的图书馆出来

经过每座学校幽暗的通道、超级市场

以及私家公寓光滑的木质地板

他用低沉，张狂的工具

把自己的行走摆弄得如同弯曲的螺丝一样拧紧

放松

拧紧

他侧着耳朵听

一个瓶子

在第一扇门前碎掉

在巨大曲谱上最后一个结束符的完成里

响起了洪亮的婴儿啼哭

他像一位非洲孕妇在缝纫机上等待变调

他的手

成为一朵完全开放的纯白玫瑰

2003.5.13

一只飞鸟

这是怎样的十月？
信念在丧失
世界被风鼓起
到处是透着湿气的叶子
我的胸膛上沾着肮脏的颗粒
我的舌头无法清理谏言
我将身体倾斜
在高高的山坡下面
擦过田地，顺着割稻人弯下腰去
虫子腾飞、跳跃，它们的细脚在抽动
我在忠实的泥土中
如同野草护着自己的根
我是鸟
我清楚忘记了我是鸟
是的
我甚至不知道我为何惊慌、混乱
一切扭曲似乎让我触摸到
哦是
是我遗忘了你

2003.6.14

我的需要

母亲闭上眼
壁灯柔和的光线慰藉着她细微的鼾声
我寻到了——在昏睡之间
她叫喊着我名字的快乐
我为此知道
她是多么需要我

而我年轻，而我需要一些化妆品
需要一些谎言
一台电脑、网络
一个舞台，红色的霓虹
我凝望着某个明星的瘦小面孔
凝望着张惠妹
或许美静——我爱她们
我需要白烟中的舞蹈

我需要，闪灯，它缀满了墙壁
叫人相信整个世界就是它的，那个高度是它的
我需要一些虚伪与颓废
母亲，你是知道的
只有在梦中，你才不会向我抱怨你的人生
你爱我，你不骂我而使我慌张
我还需要点别的
小小的心跳声，依偎着，被你紧握

2003.6.15

没有

没有地图

没有赋予的具体价值

没有灯光

没有正在败坏的事物

没有将我囚禁在夜色中的油画

没有，我要的

没有从渔网里漏出来的音乐

没有欢乐

但我清楚

面对这世界

挣扎

慢慢

流泪

好比落下一场干净的雪

2003.6.10

飞行

掩盖了身体里一整片荒漠
伪装成一棵枝叶茂盛的树
你，一个权威的评论家，知识在闪耀
伸出手臂，拥抱蜂拥而至的追随者
他们的翅膀上粘着蜜
刚从另一棵飞到这棵

2007.8.11

诉说

我是个唠叨的人，我想出去，找我的外婆和朋友
曾经熟悉的，在我的眼睛里，像失去桨的木船，像噩梦剃光
    了头
我抚摸自己粗糙的手指，天黑，我就用它写诗：
我想念你，逝去的外婆
我想念你，想念你们
我正在追逐，无限后退的风景
正如我一直都抓不住自己的性格、时间、悲伤
我的怀里保留着土豆、泥土，多好，非常之好，桌子，洁净
我把画挂在触手可及的地方，欣赏着，画里的一只爱眨眼睛的
    鸟儿
帘子一动不动，因为没有风，也没有拜访者
咖啡的热气像春天已经离去

我是个有点忧愁的人，坐着想念，不想被打扰
一个人，一生，在这里，枯燥而幸福

我想念你们时便听到了你们的笑声
我并不害怕，我的外婆，我是一个无知的人
四月，我会想念你
七月，我会想念你

2004.4.24

零四年四月

四月像一个丢掉帽子的老人转过身去。太阳倾斜着
我从太平回来，饶过黑河，我没有告诉她——母亲，正在揉青草
嚓嚓嚓，多好听的声音回响在我熟悉的屋子
这儿，有只小狗，这儿，你的干净的屋子，这儿，母亲的手
我重新看到温暖的一切使我感到紧张。一股清新的味儿扑向我
多年后，我将不再被人注视，我也要从这里消失
我的日记，记录着曾经可怕的瘟疫
楼梯和我，一对一，我坐着凝视着我干活的母亲
狗在外面叫嚷，没有战争、地震，没有消息
没有一丝哀愁，我将过着独自晃荡的日子，我属于母亲
四月，有鬼魂，乖点，我的孩子。晚餐：鱼汤、炒鸡蛋，吃点
  儿青菜吧，青草做的饼

——有段时间我被关在家里

2004.4.24

我的书房

我爱你，先生，多少年我们在一起翻动书本
习惯让思想漂浮，一个理想的理解过程，不会为女人的裙子而
　感到兴奋
我们并非因为交谈而勉强坐在一起彼此取悦
当那夜晚，带我们进入松脂和火花的无声中
自以为眼睛恢复到了孩提时的明亮，因为害怕而看到全部从未
　探测过的墙壁
可我们仍须再去敲敲它，并且询问，女人们正在那边做什么
这个可爱的时刻，是否会有变成甜食的男人到来
也许离别和衰老早已无动于衷
只有一些风声，当它吹过时，那吸满了水的墙壁会倒塌
而一切似乎与我们相同，最初只想知道：温柔的舌头正添着每
　一块干净的地方
倘若还有别的，在它周围，明亮的玻璃
映照了角落处破损的蜘蛛网

2004.5.8

这永不熄灭的

我一直在坚持一扇铁窗的关闭
外面，风卷着锈粒儿
里面是我闪亮的心脏
它跳动了无数次。为我而活

很久前，我品尝到了尘土的味道
接近诞生与死亡
堆积在书本与窗台上
追逐着不灭的理念

从这里开始认识
我认识我
担当着一个母亲的任务
靠近我躯体的人在不断消失
微笑埋入血管，同样的血液，代代相传

我的已知有所坚信
回到铁窗
整个夜晚，湖水守着傍晚一棵树的斜影
鸟儿不敢鸣叫
它心脏的跳动持续到第二天
晨光，将在第一时间来到我的发梢上

2004.7.30

针织

很庆幸，我懂得针织
我的朋友并不是一个好手
银白的针和彩线，带回家去
我们一同工作到深夜
夜晚的沉静和黑暗压不住针的光芒
衣服也透亮

她的丈夫另有所爱
想起他，她不时地扎破手指
我安抚她，血移到了我的手指上
我教她最简单的方式，让她看大自然新鲜的图案
吸引她而避免那样的忧伤

我们的手里不停，我们的胸腔
尝试重新创造。
意念在舌头底下翻动。
这活儿是一朵花开放的过程
把我们领向，一个曾被遗弃的绿色城市
仿佛盲人找到了色彩
我们被熟悉感包围，我们的皮肤
洁白，在它下面是一条装有琴弦的小河
不小心拨动，泪流不止

2004.4.30

蚯蚓

说出你的名字
你是个诚实的人，因此你弓着背藏在黑暗中
一块石头就阻隔了你的视线
你被不安包围，被泥土的冰凉触摸
可是，你的理解胜于任何人
你说：地震就要来临
世界，这个宝塔，正在倾斜，正在流泪
绿色消失在珠宝坠落的那个星空，黎明的群山在下陷。
一堆树木倒下像一群人，流离失所
当阳光爬上你的背，你的外表就不再光滑
你的面孔呈现枯竭，在战栗中目睹这个时代，体内日益升起羞
　耻：
活着并坚守死亡并挣扎着

2007.2.11

在湖边

将它们的智慧放逐到它们摆动的语言中
将躯体内的疑惑，沉浸在它们的无知
那一排柳树，那边是湖水
依靠恬静的岸而生存
到达那儿——到达那儿
那洁白之地——让我到达那儿！
风景留不住孩子的奔跑，男人或女人
留不住纯净的思想
我重复着走同一条路，这么多年
我同泥土一样停留在一个地方
湖边，在湖边
我的生命没有抛弃我而使我感动。
当枯叶满地，温暖我
它们也将进入到另一个季节的期待中
我保留着可以保留的东西，如果，我能。

2007.8.8

将近三十

我靠近身体里的一座古老建筑
面向您被破坏的内部
多么希望，回忆是一盏明灯
而未来有一堵坚固的墙
虽然我一直没有什么可以给予
只有索取，对于时代
这令我感到羞愧
羞于自己的胸脯，和您一样贫穷
正如您所看到的：我摇摇欲坠
像被洗劫一空
不再拥有肥沃的土壤
劳动力缺乏，庄稼不再鲜活
我不再是个勇士，没有敏锐的判断，战争四起
对于河流的赞美词已然消失
对于岸，那个失足之地，充满恐慌
将近三十，我思念自己，像一个落水儿童
脚下这一大片涌动的水域
将是我的，一篇满腔热情的演讲词
是一次挽救衰弱的光荣战役

2007.8.11

身体

诗人，请您亲吻我的躯体
用一个合适的词来描述它
今天我无法反抗
因为我是一块被隐藏起来的煤
厚实的泥土压在上面
水从我的脚底流走，它无法洗刷我的黑
以及深邃的黑
我与成千上万的煤一起生活
我们努力而不能变成其他颜色
我们做梦，就能回到过去
有时眼前出现攀爬在墙壁上的蔷薇花
有的时候是孩子的脸，我们为他的稚嫩感动
我们不能抚摸自己，
只会越来越黑
诗人您可以犹豫，考虑要不要靠近我
避免我的黑传到您的手上
您洁白的手，我为它伸向我而着迷
像矿工挖碎我身体的那刻，我终于看到了光

2007.9.24

疑问

在疑问中我等待即将到来的一天
让以往的花朵开在电影的播放中
迷人的小情节缀满了珍珠
没有我，回忆就不再闪烁
没有我的悲伤，河流就不会奔涌
我等待着我的长腿叔叔
在黑暗中书写着自己的忏悔书
激动而又渴望
我仍有能力，握住这支笔
我用它梳理自己的长发，装点黎明

这个过程像被分开的两个恋人
在不同的道路上做着相同的事
我们赤裸的脚丫踩着细细的碎石
一路询问，一路着迷于下面的回答

2007.9.25

我的认知

她一直没能离开
甚至在死后——我仅是在祈祷
允许我见证自己的将来
允许她的眼睑印上我的祝福
我看着她的躯体被火焚烧，没有遗憾
只有消失的欣慰
那么多年，多年之后
谁也不提及
是谁写了这样一首诗歌
在七浦塘①湖畔的岸边
一位母亲带着孩子正在回家

2007.9.26

注：①七浦塘，是跳跳家门前的一条河。

尚湖①
——家乡之水

调低月光，裸露身体
今夜，我是个忘记忧愁的人
我不长头发、光洁
我的体内没有病痛而我的皮肤松弛在空气中
当目光呈现暗绿色，在树与树之间游荡
我的呼吸就是一个个虚幻的气泡
因而我需要变得更轻，为了更畅快地流动

仰望天空——
我知道我正倍受宠爱
我的另一半正在湖底沉睡
没有白天与黑夜交替的不安
也没有谎言的重量压在她的身上
她看着我却不认识我

这正是，我所期盼的
在松软的污泥中，扭动的我的根是洁白的
它正发出轻微的叹息
如果我听到一些请求
如果我熟知自身的一切
我会落下来
在湖面成为一圈涟漪向往事发出邀请
亲爱的，动荡跟随着我，冰冷正在入侵

2007.10.2

注：①尚湖，位于江苏常熟。

树叶

去往冬天的路，合在我们的眼睑下面
它是一条隐秘的蛇，终日吐着信子
不抛弃敏锐的目光我们就难以看到它
我们的智慧愚钝
我们的手臂是自身的傀儡
我们的养分是不断遭遇不幸
我们的经验在累积，为了来日那火更为耀眼
我们的脸在变黄、衰老、枯竭
我说不出爱您的话来，母亲，此刻
我目睹同伴追随它的气味而去
留下她们的头发松散在我的脚边
生命从鸟儿迁徙的那刻开始预示终结就要来临
而我仍要面对它
进入黑夜、恐惧

我在歌唱，寒冷中的枯萎之歌
我的手指摆动在苍穹不能改变的巨大里
命运之神藏在我的裙摆里
此刻，它强壮，而我瘦小
它游向我的躯体，风把我的耳朵刮平
我不再挣扎，而是被古老的咒语召唤：
向那火，那光，那永不厌倦之晨曦

2007.10.1

修车记

我猜想他被击倒时牙齿滚进了碎石中
鲜血一路渗入干涸的水泥、柏油残渣
留下的残余再被日光烤干
今日，人群散尽，谣言凝聚成金
两扇蓝色与白色相间的卷帘门闭合在那儿
仿佛主人下垂的眼皮

在我第一次拜访时
惊恐于小猎狗的凝视不敢上前
这位母亲，在门口盯着我使我感到窘迫
屋里的工具杂乱，显示了主人的忙碌
唯有车蜡和漆的罐子整齐地摆放在货架上

嗷嗷待哺的小狗们
在深处的井边蠕动胖乎乎的身子
它们是它的孩子，它又是他的孩子
主人的身材同小猎狗一样短小精悍
我说我的车坏了
他起身，就离开吱嘎作响的椅子
将红酒搁在桌子上，那红，致命的红
他去缺口边，利索地补漆
脑袋上流淌着幸福之水
水掉得越多，手里的沙皮噜噜噜越是响亮

那一定是致命的红

唯有它刻在了我的记忆上
现在我的眼前多寂静当我再一次找来
如今那闭合的门多寂静
当我再一次凝视
犹如一个黑洞想将我拉进去，我的车需要补

我惊醒于身边的噜噜声
门被另一个人打开
——是他的同行，告知我原主人的厄运
一个死亡空间
与一个陌生人空间能否交错维度
他的葬礼，将没有我这个陌生客户的献词
待我再回头，路之干净，令人惊恐

一面之缘依在
这缘线延续在小狗的眼眸中
它朝我奔来
我不担心这生命会和那生命一样
好的狗儿被好眼力的人牵走
我不担心，这事儿
总有一件好的事要把这一切掩盖

2007.10.6

标识

当一只灯泡，被一只手推动
成为被自己照亮的一部分
他的仰慕之情诞生了
凝聚热量，散发光芒
开始幻想而不发生混乱
对四周，甚至是细小的角落，进行无尽爱抚

但是波浪，正暗自涌向各处
没有风，只有隐藏的不安，像那只手
拥有老渔夫固执的性格
他执行密令
只有一个目的
张开网，捕住迷路的候鸟
他正长久地等待：咧开嘴巴，露出洁白的牙齿

2007.10.8

真实

他挺直了背
因为胸膛里一股正气正在坚挺
因为他的腿被捆绑接近窒息，分不出血、肉
一团强光咬住了他的眼睛

屋子空荡太久，从他体内冒出一堆苜蓿
而他用皮肤垒了一个穴，封住他的内脏
他说：
用剩下的日子修剪杂乱的草叶
用残余生命保留最完整的寂寞
日历呵，囚禁雪白的墙将近三十年不肯放松
每个夜晚，他都要遮起一个被信任的白日
牵起明净的月亮
想起压进他躯体的女人

他请求，让脸融化在她微弱的气息中
渗出泪来，滋润所有睡眠
他不能恸哭，因为他是男人
胡子是一生唯一所爱，在镜子中刮了又长，长了又灭
他喜欢做梦，甚至——忘乎所以
像吸进铁，吐出锈

2007.10.15

坐着，女人

我羡慕你，因为你不在这里
而是坐在我的思想里
你梳理头发，不在乎时间流逝
你可以哭，可以笑
甚至可以嘲笑我
你的言行全是我的想象，因而我不能
要你背负什么责任
更不能承担我活着的疑虑：为什么
我总是找不到一条路让我有足够的勇气挪动脚步
我不能把你遗忘，但你几乎不认识我
当然，更不会了解你的创造者
是一个整日闭塞在房间的女人
怀里揣着一点小小的羡慕、对外面世界微薄的怜悯
我可以把你一把抹去，像我毁掉一首诗
让你连留恋的痛苦都感受不到
但是，我不能用同样的方法让自己消失
我将被继续，并永远囚禁在那张椅子上

2007.10.17

而，自尊

而在夜晚，
而我流着泪时看着你
而我坐在你的前面时，你却看不到我
触摸不到我的身体
感受不到我的温暖
倾听不到，我为你跳动的脉搏
我爱着你，我流血，这一切你无从获知
你是个不可理解的人
脾气固执，整日烦恼、忧愁、生气，整日抱怨
害怕，和恐慌
你最擅长的，还是伪装
而现在，你对于我来说只是一片黑夜
再骄傲也无法藐视
弱小的我
无法贬低我，无法踹我

2007.10.18深夜

坦白

我是一个窃贼
白天说话太多，晚上，我的目光漂浮
我失去了光华与色彩
候鸟飞跃又一幢高厦时
我已无法返回
无数次，暗自触摸冰凉的皮肤
身体内的石头，一块比一块坚硬
如果可以，我请求将我埋葬
事实上我有多么厌恶自己而您不知
因为这张面孔，对于世界过分热切的爱
仿佛童年的乐趣重新注入那些虚壳
爱巨大，羞耻也就巨大
使我不能靠近自己

2007.11.5

凌晨三点

凌晨三点，我被惊醒
我坐起来是湿的，被褥和床单也是湿的，
那横在身边的人
在安睡，呼吸均匀
像一个你从未认识的人
可却像你的肌肤那么近
如果他没有生命，也没有暴躁的脾气
那么，我会更长久地注视他
我因为他而恐慌
却不能发怒
因为他古怪的疯癫不能抛弃他
可是，我不能阻止
体内日益扩散的绝望
我的四面在垒起高大的墙
我清楚，我正要被人拖走
一种无法描述的寂静将我压扁
我正在暴露，在一切事物面前
像暴露一颗腐烂果实的内部

2007.10.18

前行
—— 写给JN

面对年轻的你们，我不能说谎
真理是一朵闭合的棉花
掩住洁白的皮肤。我试图探测那条道路
敲敲那里硬邦邦的地表
石头冒出尖锐的芽
身前和身后，两个方向都望不到尽头
两个方向——都磨不平
年老女人们隐匿的心，向那条道路铺展出去
只有这一条，通向弥散着快乐与死亡气息的前方
途中颠簸，这比航海还要艰难
因为没有更宽广的胸怀容纳纠结在一起的心脏
承受她们的尖叫，映照她们扭曲的面孔
她们行走而排成一行，害怕迷失
像两边被修剪过的槐树抱在一起：弯腰、下垂
接受光持久地问候，而光也会问候那些死者
高低不平的阴影谱成一首哀歌
如果可以，吮吸晨露，召唤着守护她们躯体的神
指着这儿：我们在这里。希望被注意到
但神往往不在，因此孤独总是伴随
女人们，最终成为一把把期待被手拨动的竖琴
守着那些不断飘来的尘土，像守着不幸
而你们，快乐之神
还庆幸着，坚守着你们温暖的床
你们甜美的语言

70

漠视你们的琴弦老化、断裂

男人们是一些飞翔的鹰，来了又走
像花萼必然要尝到枯萎的恶果
我托着那朵棉花，坚守一首诗的完成
年轻的小姐们，这里没有伸向天空的手
没有纯洁的空气供你们呼吸
没有你们等待的神灵。
抬起你们的脸像你们终于找到了自尊
一生，那么多次，仅仅是表演与虚无
苦难始终保持着清醒和缄默
演装成小鬼并一路跟在身后

2007.10.18

还

只要唯一的冲动，还在
像石头
坚守它身下的小土地
只要一颗牙齿
还屹立在你的牙床上发着光
等待着
为你，粉身碎骨
你就紧紧抱着你自己吧
爱你自己
夸赞那早已被碾碎的思想
不要考虑羞愧，不管你的内部如何面目全非
至少要坚持
等一切结束
暂时让坚硬的壳将你虚弱的内部包裹起来
让腐烂看不见
紧紧，抱成一根针
混入到现实生活中去
挺在那里

2007.10.24

这一年

周围的世界，看来是安静的
可以与女人手中的一块画布媲美
她欣赏着，对它爱不释手
她的身体里有一盏灯、一只时钟
而每一秒，对她来说就是一支挣脱弦的箭，就是一次死亡

画上的候鸟已无踪影，却把羽毛留在树枝上
那来年的嫩芽将挤满新鲜的枝条，淹没所有痕迹
她的嘴里在唠叨，怀念着过去，
一些往事，早已凝固，一些木头，正在腐烂
黑夜落下，珍贵的珠宝降临在她心上
她把自己点亮，仿佛再次遇上她失去的青春
美丽的容貌再现，柔软的嘴唇
她抬起抖动的手，像她第一次使用它
在那上面，黑白相间的头发之中，在一阵狂舞之后
她把她的发髻盘得又高又亮

2007.10.29

安定生活

她的生活安定，也没有忧虑
她得到同伴们的羡慕，因为
她的丈夫养着她，像养一条金鱼
每天，她都获得晨光的庇护
在清水中沐浴
她那善良的心，经常受到老人们的夸赞
她画着画，一幅又一幅
堆起，直到看不见她的身体
她想把头也埋进去，不是因为害羞
而是因为，三十岁那年，她触摸到了孤独

恐惧，否定，否定又接受

2007.10.29

归来

在您的注视下，先生
我们是一些远方的船只现在靠于岸上
拖着疲惫的身体而心脏的跳动正在恢复
忘记海里的大鲨鱼曾惊起的浪涛
忘记某个时刻，我们无所事事而饥饿着
找不到一处，那树立在迷茫之都的建筑物
桅杆曾断裂，不止一次，当男人们离开
甲板腐烂成为一个事实
现在，多么不易，我们获得恬静的思想并躺下

2007.10.29

平凡女子

"向一个方向奔跑，另一个方向必然会消失；
站在风景中，而自身必然看不到风景。"
很久前，她就懂得这些的道理
它们追随她的生活，并渗透到她的血液中去
她的名字是一块擦不掉的胎记
母亲教她握住一块绣布，针从这头出来，那头，就不见
这年头，花儿继续开在瓷盆中，宣告它所占有的一切
她叹气太多，因而习惯了默不作声
累的时候她就抬抬腿，或者把世界变成一幅画，揣在怀里
她耗尽一生，耐心喂养身体里的野兽，直到它们变得同她一样
　　温顺

2007.10.29

现在，孤独者

如果可以，请关上门窗
允许帘子轻轻抖动
它的影子，覆盖在你的影子之上
打开灯，制造更多的光
更多——
以封住一个通道
有一刻，你打算从这里出去，越过那季节
得到认知
然而所有的事物重叠在一起，分不清楚
像一些互相仰慕而拥抱的野兽
没有谁表现得比它们更为暧昧
这些影子，这些生长的黑色事物
它们在黑里嬉戏

挖掘深洞，以最快的速度
制造来自地狱的回声——它们，爱着你
你接受了这样的谎言，像你在衰老中失去了反抗
允许它们在你的胸腔弹起一阵阵美妙的音乐
允许沉醉、虚无，看不清楚
午夜时分，这个孤独者
来到我的面前
插上一面不会倒下的旗帜
在贫瘠的大地上，炫耀着它所占有的

2007.11.2

缝纫

在母亲一只宽厚的手掌中
一堆茧子正啃着一把钢制的镊子
镊子磨得发亮
冒出两颗尖尖的牙
在另一只手的两指间，线芯是她的囚犯
横躺着，它忠实、诚恳

母亲将白色的线
捆住它的腰、脖子
在线畅快地奔跑之前
线芯先要承受紧张和疼痛
在一块布变成另一种样子之前
布认为，它们的将来简直面目可憎

在这个房间
允许获得劳作的愉悦时
时间停止了，命运成为永久的胜者
站在母亲的身边与孩子站在我身边一样
一种生命的唠叨、抱怨，不能向另一种生命阐述

母亲娴熟地踏着踏板
带动缝纫机的滚轮飞快地旋转着
沙沙沙——线芯唱起了歌
只有线落魄了，在移动中不知所措

2007.11.6

羔羊

那个巨人，那个聪慧的人
他解开了，我们脖子上紧锁的绳
他贪婪的目光对于我们就是一把刀
没有被扼住的奔涌的血，没有叫喊，没有我们
原本洁白的躯体
现在，我们是一些安静的诗人
胸怀里插着一支笔，预先为自己撰写着悼词
那些记忆，变成一片片沃土
追悼另外早已被埋葬的死者
过去、将来，无论如何，我们都坚定不移
深爱着他，追随在他身旁
像绿色山脉下我们的牧草与情人

直到傍晚，我们排除恐惧
获得短暂的自由而不再拥有幻想
一点点，我们移动、倾斜
谨慎而盯着前方：白云、蓝天，类似海的大地

2007.11.10

献词

我不能用赞美词来形容我们的诗人
我不能用同情来挽救我们的农民
诧异那些多漂浮在白雾中的名字、流浪儿
几乎忘记了，有一天，我会衰老
像一根宽松而羞愧的皮带躲进角落
而我的思想将成为一只缺口的瓷瓶
这意味着什么？对于美自身
不需要任何装饰
只要坚挺并拥有敏锐的目光
常熟，你的水，赐予你的是一个永远鲜活的生命
我们是无知的群体，是大街上一只只飞翔的鸟
在你的胸脯上列起长长的队伍仰望，崇拜着你

2007.11.12

风

在深秋的夜里我赶着回家
寒冷使我感到窘迫
我抓着树或高大的建筑
或抱成一团的树叶
与睡眠中的鸟儿一起涌动
我不能以任何方式停留
也不能对众多的不幸产生怜悯
黎明之前，我要赶到广阔的天空
像雾水一样忘记一切
当露珠以亲吻花朵的方式亲吻我时
我忽略了我不再是个孩子
没有很多人，黑暗里只有我一个
一路寻着爱或仇恨的标记
同时又留下新的气味

2007.11.15

学习
——怀念"贝贝"（事件发生在15号早晨七点）

它只是个孩子，走路时学着窃贼
不发出声响，却希望同父亲一样强悍
用那两条不够粗壮的腿将土踩得
和我们踩土时一样平。把海绵
或纸撕烂，碎屑飞得到处都是
惹得母亲非要父亲找来一条绳子
还要结实的才好用，不然拦不住它的坏脾气

除非自愿，没人可以将它带走
一条绳子就这样被一种信任捆住
父亲爱它，爱它身体里的骚动，经常
把手伸进它长满尖牙的嘴巴里
口水湿润着父亲因年老而裂开的皮肤
它就站立，赖在父亲身上
看着，暂时有一点高大

有时它趴着不动，看那坛子里的花
它又羡慕起花的艳丽了
也许不，它只想闭目反思，模仿欺骗
借此储存体力。父亲过去，它也不理
除非自愿，没人可以使它突然兴奋

它沉默时如一朵盛开的花妆点一下墙
它使上蛮劲，也可以拖动绑在绳子另一头的大石块

使水泥地发出粗粝的沙沙声
一条由深到浅的划痕延伸至尽头
直至它拖不动

除非自愿，没人可以将它带走
一颗活的心脏不能长久地被牵住
父亲解开绳子为它打开大门
它认为自由与世界同样需要赞美

2007.11.15

雾

当我紧紧握住一扇窗户的玻璃时
我很想知道，风快速地穿越
对那身后下陷中的城镇到底说了什么？
对黑夜许下了什么诺言？
它把落叶带走，来年又让树枝长出新的嫩芽
这里一定有什么秘密——不被幸福的人儿知道
它曾与大地耳语，抚摸过公园里
一个坐在长椅上孤独的老头儿的秃顶
它曾赐予一张废纸力量、航海家的勇气

还有什么是我所不知——没有不劳而获的东西
没有失去就不会有所赠予
我被作为使者，我被作为礼物
在降临时我被作为鲜活的草与艳丽花朵的希望
我被作为青春，我认为它永远存在——

可是我的兄弟，还有什么我所不知道的
在你走后它侵袭了我的身体
它使我感到疼痛，停止赞美
除了对尘世的信念，什么也不会留在风景中
我不想打扰屋子里熟睡的人们
当那太阳用光温暖他们的脸孔之时

2007.11.28

遗忘

忘掉所有的一切，让它们成为你的兰花凋零在窗台上，酣睡于
  松软的泥土中——你便能永远捕捉到花香

2008.2.23

无题

美说：我是一颗能使你戴上之后挺起胸来走路的宝石
美又说：我是协助你挖掘到善良、宽容、真诚、坚韧、勇敢的
  一种力量

我说：美，寄生在眼睛里，生长在身体里，扎根在心里
我看着星星，因为它们总是同样凝望我
星星永远只为黑夜而闪
那么
只有等我一无所有，包括失去我的呼吸，我才能知道
美曾经，到底对我说了什么

2008.3.1

我是

我是一株野草生活在墓穴上——
我是它的种子中最小的一颗，我希望我能更轻，我就能飘得更远
尘世中有什么最为重要的呢

2008.6.10

亲密的谈话

一

灯芯需要火焰的赞美，因此，火焰燃尽了灯芯
花朵需要被独自疼爱，因此，手取走了它的性命
我的爱，是我闯到了你的花园里，是我踩在了你的泥土上
白天与黑夜，我是一支不停吟唱着的忧伤的歌曲
如果我需要你的爱情，我要燃尽，也要失去生命

二

请允许我的呼吸停留一会，我的爱，因为你的花园里，花朵还
　　没有完全盛开
如果我还要继续行走，如果我还要寻找回家的路
如果我还要看着你转过身去
请允许我的眼泪停留一会，我的爱，允许我的悲伤像风吹过我
　　们的小屋
因为我还没有听完整个夜晚的蛙鸣
我的鞋子沾满了泥巴，我把它们遗失在来与去的路上了

86

我把它们撒在种子与种子之间
我离家太远，我迷失了方向
五月的一节枯枝还垂荡在天地，而它的兄弟已长出粗壮的手臂
我仰望着它的孤独
像一只蝴蝶爱恋上天空的晚霞

三
黑夜询问我
你害怕吗？
我回答
不，我不怕
接着，黑夜取走了我的鞋子，我光着脚
黑夜询问我
你害怕吗？
我回答
不，我不怕
接着，黑夜又摘走了我的声音，我看着他
我用我的心请求他将我剩余的呼吸带走
我用我的心告诉他
假如没有爱，我会害怕

2008.6.9

当我虚弱

当我虚弱，像一盏发不出强光的灯
我不能给自己希望
也不能照亮，从地震中离开的死难者的遗体
死去的在向活着的人献歌
一支怎样的歌曲——太难了
它不能让世界从壮烈中获取赞美
它也不能抚去，那干裂的土地中散发出的余热
我们必须失声痛哭，允许灾难和泪水
像我和我的爱人一样亲密
当我们无知，像两只被现实击败的蛾子
当我们看到爱情是一堆废墟上闪耀的光
而我们将在光辉中仰望自己，但我们无法回答：
还有什么能使我们移动
还有什么能使我们移动

2008.6.9

于是傍晚

你伸向太阳的手也要垂下来了
你对云的热爱也将冷却，还有你的暴力
你的树叶正向鸟儿的阴影招手
大地拒绝了你炙热的吻，你憔悴的梦，你奔涌的血
你的辉煌像蝴蝶一样死亡在树枝上
慢点，慢点，再慢点，等待劳动者的脚印烙入干土
——那最后甜美的歌在人类的仰望中被吹散
等城市消失，山脉淹没，风，撕破嗓子
等尘土，覆盖我们无穷的智慧，让书本焚烧
等我们的河流失去边界，等无与有的到来
等你我进入到同一个身体的黑暗里，拥有善良，分不清彼此

2008.7.27

她走出这里

有天，她要走出这片丛林而让遥远侵袭我
而我必须，快乐得成为从枝杆上被摇落的叶子
她年轻的面孔，她黑色的长发
她跳动的心，在树下我们曾满足于风景的给予
当阳光衰弱，这一切不会改变
当我的躯体忘记我的思想
我不会遗忘她的笑如何回荡

我所获得的仅有这一生
它每天
同夜晚一起包围着
我满满的内心
没有遗憾，也没有批判

我如此珍爱
——从她背影中寻找到的东西

2008.6.9

画画

我知道我无法逃避，一整夜，我都待在屋子里，在身体里画
　　画，好比黑暗紧紧抓着地板和墙壁
听不见外面的车声，也没有轮船驶过的悻恸，我不知道我为什
　　么要待在这个屋子
河边，河边的屋子
你知道我喊过，可是没用
一种微弱的求救声始终无法到达对岸，被世界所获知，更别说
　　怜悯
那些熟悉而又陌生的颜料，那些树，那些光影，粘着我的眼睛
　　与心脏
但他们说，我必须待在这屋子里，因为我是个无知的女人
生命与时间最终的抗争，像我画上鲜红的花瓣一样耀眼，当鸟
　　儿怀着虚弱的身体飞向沙漠
我发现我的手正在失去创造力，而水分急剧地流失，我无法再
　　让颜料保持湿润
我一边哭泣着，而那黎明正在到来
一些文字出现在窗户上，我听见鸟儿仍在外面鸣叫
那里，最后一笔被搁置了，那突然到来的一点什么使我乞丐一
　　般抬起头，兴奋不已
听到他们在喊——多美的蓝天！

2008.10.12

抒情

哦，可爱的雨水，允许我赞美你
正如赞美我心爱的人
允许我成为一块石头日夜等待你
在你投入我的怀抱之时唱一首甜蜜的歌
我希望你们落入云朵的光时我正在安睡
因为我对自己一无所知
我对世界一无所知
哦，穿过吧，穿过一层又一层建筑所搭建的阴影
穿过城市的辉煌，无论那里生活着的人们多么聪慧
你必须穿过他们期盼的目光
公路的白色中在消失，露出黑色，屋顶更黑，露出罪恶
你穿过黑夜而下沉，而来到我身边
融化我身边的一切包括我的记忆
没有什么能比你更轻、更静
没有什么能比你更诚实、更执着
在梦里我听到那样的声音——答、答
然后是一阵啪啪啪……
你就是我心爱的人
哦，可爱的雨水，请不要让我醒来，我便不会绝望
泥土湿润了，树叶制造了不同的欢乐
这是我们相同的梦，在我们一同消失之前
这是我们的生命沉睡在依旧寒冷的大地上
二月，亲爱的，请允许我提到你的名字
我是一节思春的枯木听着这支由石头唱出的甜蜜之歌

2009.1.30

一朵花

当然不止一只
是许多只手,当它们伸向我时
我知道自己是一朵美丽的花
微风叫我轻轻颤抖,雨水将我拖入沉思
而我曾羡慕着种子的飞翔
我的成长却在它的死亡之后
白天我仰望着太阳
夜里我凝视着星星
同样的大与小,同样真诚地期盼
太阳与星星的光辉
像我和我父亲割舍不掉的关系

啊,我的父亲,我脚下的这片大地
当你越来越贫瘠时我不得不垂下我的头和我的躯体
我的信念在等待中从未消失
只要一滴露水就能叫我喜悦
而我的财富又何止这一点
即使是悲伤与恐惧,我也会小心珍藏

羡慕的眼睛当然不止一只
是妒忌的针扎在他们心里
在春天,他们只能在寂寞里垂着,每一只
每一只贪婪的手——
我知道自己是一朵美丽的花
当我的花瓣害羞地落在我身边时

我知道自己是一朵美丽的花

祭祀

为怀念成为清明节雨水而到来的死者
为纪念从这片繁荣的土地上离去的人的欢笑
与那——早已被腐败吹尽的勇士的硝烟
我做出了片刻的倾听与凝望
我崇拜历史，如血崇拜红色的酒
崇拜一棵像国家一样坚挺的树
我敬畏一个追逐着太阳的树一般生长的国家
此刻没有官僚对前途或金钱或对才识的贪婪追捧
也没有文人对贫困者的悲痛惋惜与愤慨
树上挂着去年发黑的果实——真实的果实、夭折的枝条
还有今年绽放出的正努力实现愿望的花朵，
旧日的声音如春天新鲜的草重回我的身边，蝴蝶粘着翅膀飞舞
我的身体就是泥土，我的呼吸就是天空的广阔
而我的耳朵，触摸着高楼与高楼之间撞击的雨声，为它颤抖
请求你们，允许我的心中开出被行人与车轮肆意践踏的水花
让我贫瘠却不虚伪吧——在这清晨热闹的大街上
我亲爱的伪装成蜘蛛的亲人，请求你们
欢快地垂荡于那棵树的枝条与枝条之间吧
或者光荣地踏上一面破损的墙壁，宣读你们对世界赞美的挽词吧
证明你们的存在或离去都与世界的寂寞与冷酷无关
你们——是如此愉悦而美丽而值得骄傲！
让我倾听，让我的内心像你们的句子一样安静无伤
像时间倾慕于蜘蛛轻轻抬起的腿——

为我放上一把白色雏菊、一盘母亲亲手做的青团
为祭祀树下我心脏的坟墓里死去的一支歌
我流泪而我不懂悲伤，我不因衰老而哭泣，也不为无知
这是水珠停留于我睫毛的短暂时刻
在它摔个粉碎之前世界依然呈现晶莹

2009.4.4

醒

如何，我先醒来了
在将要消失的月亮追逐着绿叶的光芒中，在大地还酣睡时
如何我的生命使我醒来了，而我以为这不是真的
梦中的敲门声不是真的
遥远的脚步声不是真的
白云是一段历史，被窗帘的角轻轻遮掩
世界因尘土的覆盖显得多么寂静呀
因此杀戮与谎言也不是真的
城楼上停着鸟儿，废墟中停着鸟儿
而我在鸟儿的叫声中醒来了
我的眼睛成为湖水，心脏成为露珠
而我的呼吸，成了风

我用丝线绣上一幅画
用针在布上扎出眼来
每一个针眼都有我
而我快乐于泥土在黑暗中的一无所知
有声音在问：
今天是永恒吗？

2009.4.14

在这个春天

在这个春天，我思念着另一个春天
另一个春天里有你
有紫色的花和白色的花
有迷恋花朵的蜜蜂微微鼓动着翅膀
而这个春天我只有一面镜子
多么明净的镜子
获得了深处的寂寞
它教我如何真诚流泪
我回忆着
那么多的爱
那么多能将心撕碎的力量
一圈又一圈不停地跑
直到镜子出现裂痕

亲爱的，让我的眼眸只为裂痕中的光芒而开
春天被夏天送走，草地里的花儿就陪伴在我的身旁
没有采撷之手
种子将快乐地飞——

2009.4.14

第二辑

（2010—2019）

航行

我的船终于要远航了
虽然我不能及时地为它取上名字
也不能为它戴上花冠
因为我的贫穷而船里空空
因为我的无知而甲板咯吱作响
但我的帆终于颤抖着鼓起来了
它即将自由地航行
即将为海浪地冲击而感到欢愉
那么大的海沉默着
只为一颗忠实的心而永远握住我的浆
只为你而不改变航向
他们说，爱最美

2010.3.3

雪

就这样躺着
躺在石头上沉默着
这无边的大地上
就这样美丽而没有忧愁地躺着
闭上冰冷而纯洁的双目
那是曾经

像珍宝一样自以为是的
少女

写着诗的夜晚

下起了雨
风也来了
雨水流向黑暗，我找寻不到的深沟中去
因为屋檐一直诱导着它们
屋内安静
所有事物都不愿意交谈
帘子把雨给遮起来了
窗户隔绝了白日说谎的人群
尽管我所想的都在消失
我的希望并不真实
我在散掉
躯体不再和平
我在融化
奔向那可爱的世界
没有真实也不存在虚假
这样的夜晚
我承认所写的一切无用
跟随雨水
再让我们回到大地

绽放
——写给桃花

等了太久
现在，请允许我们紧紧靠在一起
阳光下，允许我们羞涩、胸膛变红
像接受诗人的荣耀，昂起我们的头
敞开我们的语言——
我们的身体，诚实，植入地下的殿堂
我们的手臂伸向天穹之顶
春天是我们陶醉的酒杯，透明、纯洁
泥土赐予我们酒的芬芳与甜蜜
举杯，为了一支，欢唱世界的歌
如果来访者的脚步不再使我们感到害怕
如果劳动者真的不再贫穷
我们短暂的生命就不会是遗憾
等了太久，等那风的到来将我们吹散
我们互相注视着，我们相拥而幸福

2010.4.5

珍惜

流水向石头示爱
石头沉默
于是流水将爱化作了仇恨
许多年过去
流水报复着石头
使它变形
石头却用自己的守候回答了流水

2010.3.18

歌唱

在一只蜜蜂造访一片干枯的花瓣之前
在一片尘埃压过一座废弃的城市之前
在一滴雨水永远消失在半空之前
声音是最后的存在——嗡嗡嗡、呼呼、呼呼
啪嗒！啪嗒！啪嗒！

音乐和荣誉是对世界最初的赞美
时间出现，它是一个圈，会走，会发亮
抬着腿，跨过隆起的山脉、河流
制造黑夜与白天
喜悦与艰辛，抛洒着成功与失败的种子

愿望来了，伴随着等待、回忆和痛苦
呼唤平地上的草和树木，花骨朵是最早露出的爱情
甜蜜和腼腆显现，男人们与女人们
散步在永恒的期盼
黄昏的美是存在的，它伸出一只手朝向贪婪
但一切都是好的
因为理智待在自己冷静的巢

答答答，唱着歌，答答答，唱着这世界的歌
生命多么无知，答答答！我们歌唱着愚昧
答答答，雨水在低语：这快乐！这痛苦！这圣洁！这响亮的钟
　　声！

如果蜜蜂失去了力量，城市失去了色彩
如果水滴不再出现
如果月亮破裂，太阳蒸发
如果没有枯燥的时间和期盼的伴奏
如果敲钟人背过去
谁也不会唱这支生命之歌——答答答！答答！

一个生命诞生之初，他大声地向世界宣告他来了
一个死者离开唯一的躯体，他的权利不是害怕，而是倾听

2010.4.6

理解

既然——已光荣地来到这个世上
在母亲的痛苦里举办过哭喊的仪式
年幼时充满信仰，又用敏锐的耳朵
聆听过自己祖国的歌声
赤裸、坦白、纠结过每一次不幸的遭遇
既然时间不能成为一块幸福的橡皮
错误不能被擦去
而我的羞耻也没有减少
既然这些是必然，像光从远方反射而至
将我照耀，将我歌颂
由纯洁走向肮脏
在热忱中冷却的我的一生
我没有更多的篇章要写
我的坟墓上不需要悼词
因为它们的同情甚至比不上一声叹息
因为这个空虚的身体与麻木亲密无间
它从不恐惧
从不遗弃丑陋与无知
从不狂笑

2010.4.13

103

我们是菜花
——再为玉树地震

我们是菜花。我们漫步在
沉睡的蜘蛛网和枯叶的碎片中
为一场集体的哀悼仪式
掩盖遇难者的脚步
你所说的，亲爱的，现在我们听不见
你的问题，我们也无法回答
这是春天的使者合上的金色眼睑
这春天，我们迎接暴雨只为昨日
我们轻轻吟唱了祭奠之歌
我们无知地簇拥着
像邪恶与善良、正义与麻木，不能被分隔
多少年，我们一直梦见自己是翻滚的海

2010.4.22

颜料

我们要沉在一张纸上共同协作
以此来结束漂泊和对恐惧的畅想

2010.4.22

墙中

黎明你耕耘过的红色山谷
整日不停地生长着灾难、绝望和雪
整日，悲伤在燃烧
这火，点亮了摇摇欲坠的高楼
和峭壁上的兰花
这高贵而又脆弱的
这牡丹之都
在野草的根须下低鸣着
或者一切劳动只是因为——夏天要来了
因为收获在燃烧过后的秋天
在柴灰堆里，与死去的树叶之下
有什么能证明你仍然勇敢？还有你的勤劳
将你的笔与同情洒在土地上
滋润着火种，诗人

它们在我四周筑起高高的墙，盖过山谷和黎明的光芒
和我们的黑夜
而我在墙中与你拥抱，分享着耻辱
这四面八方，幽静
冷漠和坚硬，正在盛开

2010.4.26

谱架

它不歌唱
它只是站着
挺着胸膛，它昂起头
就是一棵有尊严的树
但没有欣赏者，它就没那么高大
没有歌声时，它只是一副冰冷的铁架子
只是，脱掉了高雅华服的农民
在这个房间里它不受任何约束
因为没有指挥家，我更不是音乐家
不能成为它可靠的朋友
我为写诗而感到苦闷
文字不能唤醒人们的心
一首失去演奏者的曲子
失去活力，与生存的信念
没有一片可耕种的农田
荒芜是一个怀着忧愁的休止符
它站着，幻想劳作
我哼着
我把自己想象成树

2010.10.13

融化

唯有落在你的枝头时，
我才发现自己是雪
是透明的依附物
我才发现
我的融化磨亮了短暂的时间
我不想因为某种遗憾而抱怨
请求消失前，让我成为你身体的一部分
把我的爱留下
为了进入春天，你枝头里待放的花朵

2011.1.18

到我不再能够写诗的那天

到我不再能够写诗的那天
竖起墓碑，停止雕刻
掉落的粉末停止窃窃私语
当键盘的敲击不再需要决心
赞美不再依靠梦想
到我不再困惑于价值的用处
而这天，不再关心，一个无关紧要的穷人
或一把枪正在世界那头导演的战争

什么正在开裂？什么正在合拢？
这明朗的天空！
河流出发于最寒冷的源头
倍受折磨而流动着
光为两岸石缝间的生命指引一天劳碌的开始
沉默显现力量，因此山脉无比坚挺
放下书写
一切如同回答，并不遥远

2011.3.21

寻觅黄草荡①

这里的生活富足，像太阳造访
当一头公羊的繁衍赶上了盛年
侧着身，在屋子的阴影里踱步
它的威严、冷静，取悦于崇拜它的妻子
它的孩子翻越在柔软的干草之间无比欢愉
干草之上已寻不到镰刀愤怒的舌头
以及曾经，发出的呼呼的哀鸣，保留这些草香
到达庭院之中，春天仍是蜜蜂的最爱
柿子树、杏树，桂花树升起
与围墙之外弯腰下垂的竹林秘密交谈
散发着苹果香味的乳黄色花朵开在门口
怀着对死者的敬意
我们追随抗日战争的足迹来到黄草荡
怀念激情、恐惧和死亡，被温暖的水域触动
我们是曾经逃生的水路，在发生流血枪战的岸上伫立
一只鸟儿的振翅仍使我们感到惊慌
他说了什么——那被抚平的芦苇的头颅：
安宁即是富足

2011.4.30

注：①黄草荡，江苏常熟尚湖镇农村革命根据地。

花甲之年

没有什么可以阻止他创作，他的叙述
像古井在沉默中描绘的沧桑
没有什么可以阻挡，他为我们展现他动人的面容
他激动的情绪，开在半空，兰花一般的手指
那弥散在空气中细腻的声音召唤着眉心的蝴蝶
他将戏曲的种子给予泥土，泥土回报他一片密林
而我们都坐着，是停留在他枝头无知的鸟儿

五月，我们的羽毛未干，我们的诗并不成熟
我们将思考，美丽的语言并不能挽救社会之心
他唱，爸爸，他们唱，爸爸的日记①
我们颤抖着，被掏掉一颗死去的心
我们在流动，追随那阵温暖的风
泪水的雕刻成了追随他作品的足迹
我们以年轻冲动的躯体在他的耳顺之年与他相会
多么神奇，多年后，这一切仍然无法阻止
这条生命之路和我们的日记，与未来并不会不同

2011.4.30

注：①《爸爸的日记》，一部戏曲，在民间很受欢迎，故事真挚、感人。本诗写给这部戏曲的创作者。跳跳与他相逢在他的花甲之年，感动于他的创作精神，感动于他的故事，感动于他一直关心的平民生活。

迎阳桥①

尽管面貌已失
野草却尚在枯竭的石块中开垦
我们到来时，落叶正在清扫台阶
不必隐藏什么秘密
屈辱还是什么——
赤裸裸，跨向两岸
百年前的激动不必在今日沉默不语
曾经英雄的血
酿出一河清水
黄昏，多么美，脚步轻盈
在我们的目光中，不为什么而到来
不为这沉寂而沮丧
不管是我，还是谁
我们的不安都不足以代表时代
我们离开或死去，而你还在
晨露、闪耀
以及
明日赞美你的风

2011.4.30

注：①迎阳桥，常熟尚湖镇一座百年古桥，以此诗纪念。

这些影子

这些群山，这些缠绕在一起的藤
向上，仰着。这些攀爬在凸起物上酣睡的懒鬼
这些影子，发出鼾声，游荡在虚实之间
偶尔，它们微笑，冲你叫喊，召唤愤怒的潮水
它们伸出无数的手，拖住一个人、或更多的人
以它们的力量拉他们进入夜晚的孤寂中
睡在它们的摇篮里
在人性的是非深渊里踱步
这个存在是永久的，不管多少年，不会醒来
跟随它们，夕阳沉落
跟随它们在黎明，光的颤抖中散发甜蜜
在信仰中出生、怒放

2011.5.6

一首感谢诗
——给胡桑

你从远方带来书籍
在一个葡萄藤向上攀岩的早晨
生机从淡蓝色的书皮上展开
布谷鸟飞腾、鸣唱，用一个不能理解的低音结尾
掠过我的迟疑，而我的迟疑
并非因为我在写作时忍受孤寂
那刻，你的造访，正是明亮的秋天
大自然的一切都有其迷人之处
演绎着生与死的传说
恰如蕴藏在书中，永不枯竭的宝贵
我们同行，我的朋友，我们吸进叶子残留的香味
亲吻干燥的田埂，在葡萄林的残枝之间像秋季迟放的花朵
在凋谢的雪枣树旁，我们阅读那首大地的诗
有用或无用，向友谊赞美一年一次的盛会
城市的建筑折落了光的翅膀，因此那里的小巷幽暗
解释了为何词语不能独自在诗中闪光，力量不能单枪匹马
所有的遗憾证明，我们仍然在这里
庆幸着，我们仍是诗歌的藤上期盼生长的一小片叶
你问，我的父母何在，我在心中想着我的父母
这片园林的缔造者。他们的双手无法忍受
我用文字作另一次开垦
于是我不能说出全部，压低我的声线
像鸟掠过你身后的那方沃土，在瞬间与湛蓝色的天空碰撞
我被感动簇拥着，篱笆之火在上升

2011.5.7

113

给你写信
——给扎西

我用黑夜给你写信
信的外形是一首叙述诗，主题
是无用的悲伤，结构将效仿一个国家的蚁城
如我们平时所做——忙于创建、繁衍、分解词句
我们的能力，允许我们利用人类
在细小生活中无法忍受的隐晦之词
融汇成一片大海
暴露愤怒，让最不满意的部分
跟随它涌现在阳光之下，坦诚的
——敏感的触须
日渐衰弱的瞳孔
听力下降的耳膜，以及凋谢的心脏
或其他
"简单的列举易碎，如果凝聚力也缺乏
很难清晰而准确"
你知道我正要说明的是什么
诗歌将为我们揭示笔下的残缺
而歌颂将成为感动的工具
你知道，多么不幸，作为诗人中的一个
我贫穷、自欺，社交狭窄
在必要时假装清亮，而掩盖
创作时所承受的孤独感
我们如何能明白：
诗歌是生长的建筑，意象是窗外鼓动的翅膀

当我们的手指，碰触云层时
惊讶于它发出的不能忍受的低沉鼓声
在火车行驶中我们聆听教诲
欢乐取悦于我们对诗歌浅薄的认知
不可否认，一些诗人，得到了进化
就在我们忙于自省，捣毁漏雨的巢穴之时
他们继承了某种头衔而成为代表
他们的笔被白蚁的牙齿所奴役
白色躯体居住于城堡的顶端，有栏杆
守护他们尾部的谬识
耀眼的白，光芒不同于诗歌的神圣光环
只要他们发言，慷慨、激烈
便有从四方赶来追随的朝奉者
你知道，这是一个圆周率
内部中衰弱的一部分，无法修补
你所说的我也能理解
今天给你写信，我尽量，靠近你的抒情
引用悬浮在谈论诗歌技巧中所说："岛屿
下沉了，岛屿还在，海面却开阔了。"
压住疼痛，愿你明亮而幸福
最后落款人：跳跳。
日期：请将我置放在被你怀念的名单中

2011.5.8

在十字路口

他是坐在十字路口的一个搬运工
它呢，赶着去拜访山谷、海洋
到达海洋深处，再之后
没有边界

因此，这阵风总是匆忙
而他出现在它到来之前的晨曦中
利索地踢下自行车的金属脚撑
每天，他都在同一个地方坐着、沉默
他不喜欢抽烟，因此
他的眼皮耷着

其他人来了，聚拢在一个显眼之处
——临时雇主会从这里将他们其中的一些带走
"有时你会被捉弄，因此，你需要变得更谨慎"
时候尚早，他们谈论活儿及日常琐事
静处，他上了年纪，像一只破风筝
忆起那片广阔的天空

这阵风见过什么是汹涌险恶、什么是艰难
甚至，致命的灾害
然而他孤单的身影仍然吸引了它
一个人的世界，与自然事物的独处是多短暂而欢乐呀
它希望自己能为他做点什么

如果他的手指间，有一小簇星火
——

它飞快掠过，无法停留
它的每一次旅行从此都有了期盼
不忘穿过十字路口
不忘翻动老人的衣角，找寻那根能引起动荡的线

2011.5.10

忧虑

一年四季
她都提着那把剪刀
修理那棵树
她重复剪掉它最茂盛的部分
一次又一次，它的浓荫重新长出
她手里的工具发出响亮的咔嚓声
她要费更多的劲，才能干掉更多固执的枝条

到底，谁是谁的噩梦？
她和它比着耐心
忧心忡忡——持久作战
她的恨在细雨中繁殖
她的影子跟随刀口的阴谋
越伸——越长
树凝视着她，每长高一节
它都比之前更沉默
直到超越她的身体
超越，她的欲望所及

多么粗壮的树干呀！
黑暗中那银色的月亮发出惊呼
鸟儿欢快的梦，沉入它绿色的海洋

当她死去，一阵微风
随手抹去了她一生的骄傲
她曾站立之处，垂下一片阴影
在阴影中，树沙沙地摇晃着
不是出于庆幸，而是出于悲伤

2011.5.11

该

诗歌该是一个朴实的农民
承受得起荒凉的重压
白天它戴上阳光的斗笠，夜晚
它种植天上的星星
一行诗，就是一条明亮的小溪
从山顶最高的石缝的积雪里融出

它应该远离人类
避免受到他们语言的迫害
避免在群山的战争中流离失所
不，不，诗歌不是裁决者
也不是政治家
它是立在天宇间的岛屿
受到群鸟的拥护和敬仰
长年用清泉与绿草供养着它们
倾听它们的合唱——当我们死去
我们该从这歌声中返回

2011.5.13

哎，池塘

哎，池塘
哎，我的姑娘
你不是网虫，因此你的头上只长青草
不长荧光
你不是90后
不说"神马"或"浮云"
你不是新闻
以无趣当有聊
以虚荣作养料
你不是网页，不是谣言的散播者
你不是脱衣秀的主角
让我再想想，用什么来说你才合适
在这个新时代
你为啥不长微博
哎，池塘
为何我只愿沉浸在你过去的美
告诉我，你原始的诗人何在
当你是明镜时
我照着在头上插朵花
当你流动
你可就是我全部的泪水倾泻而出

2011.5.13

120

香水花的挽歌

它颤抖在一个群鸟鸣叫的下午
粉红色花瓣在伸展中盛满了金色光环
散落四处的蚁群，在投影里追踪着它迷人的香味
绿叶昂起，环绕着，向泥土发出低语
一年四季的黑暗土壤中，水流向上寻找圆月
刺忍受着疼痛从枝干冒出

多么容易，在这庭院里，铺满了生长与凋谢
在挣扎中得到的幸福——多么容易，在回忆中得到满足
死去，而在战争中失去的她的孩子重新回来
一个声音在为此歌唱
一支歌曲飞回屋檐，重塑它朴素的巢

利益与金钱从此解脱
劳动只为回归于劳作本身
当风落下，温暖我们的工人
坚强的生命是否能得到命运的尊重

遍及大地，它如何使我们因为爱它而流淌
这是一支用离别谱写的歌曲
从繁荣的正午一直唱到黄昏
黎明将从黑暗土壤的另一头升起
以照亮圆月之下结出的果实
在绽放中它不懂战争
在凋谢中它不懂悲伤

2011.5.17

模仿
——给予坐在我对面讲故事的人

曾不止一次想要摆脱，而它
始终紧跟着，如同周围的风景，缓慢移动的湖面
你欣赏它，同时它也欣赏你
它逼迫你，装成你的影子将你描述，它弯曲
你也弯曲、变形

这种恶毒的模仿，滋养着我的身心
每天，为呼吸一口舒畅的空气而感到劳累
事实上我已不再年轻，不能重活一次
回忆是一个使人迷路的火把，再一次，在自嘲中被点亮
一个人的生活，是对另一个人的模仿
事实证明，我们都做着重复的事

你暗示我必须接受它
背叛自己
允许我们的男人挣扎于无耻的性爱中
接受它，像我接受了大海，接受它的温暖、它的无边
在星空下流泪，升起潮水
我找到了失散已久的沙滩
找到沙滩上卑微的自尊：
它躲藏在波浪之下——那幽暗的深谷，用回声将我召唤
整夜，咸水面向我，涌进、涌出

2011.5.19

简单

写一首简单的诗
做力所能及的事。注意今天、当前
从某处干活回来疲惫
认识到这样结束的一天
活着只是一个人运动的轴心
地球的旋转和人的命运并不能等同
认识到渺小和短暂
是所有人的幸运
从生到死两个地点，只能连成一条无法重复的线
什么样的国度能关心到个人的愉悦与悲苦
它只为存亡与兴盛
因此你的存在，并不需要证明你在对抗什么
既然注定了灵魂不能返回
何不放松于
何不快乐于
点燃、吹熄

2011.5.19

在没有电脑的日子里

在没有电脑的日子里
日子就是长出叶子的白杨
高大而粗壮的王冠啊
——
给晨露予欢愉
给夜晚予慰藉

在没有电脑的日子里
我就是我的绿色
一只飞来的麻雀
从雪山到南海

2011.5.21

沙滩

你掩饰不住雀跃的心
因此你变得柔软、细腻
让身躯碎裂
泡沫一层叠一层
一层层浪花
在你的手臂上——翻涌
风吹向的地方
就是我保存记忆的圣地

2011.5.22

伤害

光在滑动
你听到金属声，以及刺耳的喧叫
伤害以愤怒的形式出现
无论何时
它从未放弃它的追求
以一把利器的锋芒
攻击一切对或错的事物
谁握着它
谁就有权站在矛盾的中间

它赐你的力量，正是来自你
你的自我怜悯
你的欲望、你的自卑和贪婪
因此，它获得理解的唯一途径
在否定中得到了道德：
你生来就不是个无耻的人
善良是高居在喜马拉雅山顶无法摘取的花朵
而你，你——你在星星坠落时找到了你
这个可怜的生物燃烧并毁灭了自身

2011.5.25

遗弃

改动一首诗使我迟疑
它活得和我一样羞耻、无能
它是——一个巨大的毒瘤
修饰欺骗过我，情感让我以为有用
我活着激动于它们的陷阱
我活着就要不断地与过去告别
亲爱的——吹灭我的烛火
让我重回黑暗
避免我在生活中所遭遇的难堪、不幸
会在诗行中暴露
无论，最后的晚餐是不是赐予
最坏的结果
依然是
它们鲜活，充满了慈爱、理解和宽容
像我的母亲，在泪水中回望我

2011.5.25

学习写诗

学习写诗
学习做人，像雏鸟在迷宫里学习飞翔
调节身体与气流的平衡
我们在虔诚中度过一生
在碰撞中流血，惊慌，或死去
在不幸中收集经验，写下道貌岸然的诗篇
我们中的一些，经受不住黑暗里光的诱惑
骤然坠落，变成弯曲在墙壁上的影子
从此他们中的一些获得了藤蔓一样的攀爬力、地位和权贵
在这个国度，迷宫永远是迷宫
没有正确的方向显示：我们必须去——揭示什么
你知道，真正的诗人从不停下脚步
大自然的歌手歌唱时，从不在意谁在倾听
我们只是鸟
这一生
我们只是这个世界弱小的怜悯
飞翔，尽量保持优雅

2011.5.25

养鹅

不要靠近角落。寂静善于藏起狡猾的蛇。
窄小的空间给予它们潮湿、空气和彼此的体味
也给了它们敏锐的警觉、惊慌和潜在的秩序
墙外响起草摩擦着橡胶和粗布的噌噌声
年幼的鹅群立刻涌动，奔逃的河水——
惊扰了嫩黄色的水草
强烈的生存意识胀痛了喉结
还有没下咽的口水，还有窥视在远处的黑
扛回一大捆鲜草，父亲刚刚结束劳作
农具倾斜着被有力的臂膀插进门框边的土壤中
他走进去，以食物安抚它们
像他滴下的血洒向铁锹锋利的切口

2011.5.30

原谅
——给胡桑、不遇、礼孩、森子，给柔刚诗歌朗诵

原谅这五月的不幸，原谅一朵月季在游客的欣赏中衰败
它焦黄的花瓣已无法唱出黑色铁栏需要的歌
甜美以假象攀附、缠绕着它被雕刻在木牌上的名字
它的花粉是被季节掐死的孩子，现在它呼唤着
蝴蝶不再传来消息，遗弃它而投向另一朵粉红的蔷薇
原谅这种背叛吧，它发生在世界各地
像我们能够看到有人抹去了英雄的名字，像抹去我们的依靠

在神圣的国度，像我们的热爱正给予我们耻辱——
诗人无法用她死去的词赞美它
对于生存或遭遇不幸，被囚禁的植物更为清楚
是什么赋予了它们力量——在植物园，为了每天能得到一口呼吸
我们的黑树、木棉，白兰花散发着香气，像我们可爱的人
询问枝叶如何以花朵制造了维护形象的美
然而没有，敢站出来承认——不——这名字——这不是我

原谅我，我是谁？原谅我忘记我归属的名字
云层在今夜压着，垂下它厚实的影子在大地上低语
承认这一切，我在影子中歌唱的一切
承认植物的苦恼就是我的苦恼
在黑夜中追逐一只无法停止思考的雨燕
我飞得很低。原谅我，我不能留下
我的羽毛潮湿而又冰冷
在与你们的交谈中，我垂下无数的根须以求安宁

原谅我，必须回到我的植物园而不是
继续鼓动我的翅膀

原谅我无法落在森子张开的枝丫上鸣叫
也不能在黄礼孩宽大的白衣中跳舞
在胡桑的博学里踱步，我为自己是一片干渴的沙漠而感到羞愧
哎，我的友谊，可是在我颤抖的枝叶中摇摆着，我的蝴蝶
在意大利美女的矜持中，我是月季正在衰败，我的骨头正在月
　光下抬起

2011.5.29

为了所有的生

河流或是海洋，追逐中无法停止的需要
以及高大的北美云杉、西部松柏
以及灰熊、鸟和狼
以及山脉和大地……根的索取无处不在
只有一种死亡能给它们带去满足，给冬日的雪以温暖
为了所有的生。人类社会已然消失的一种和平互助
在太平洋鲑鱼①小小的愿望中
当它们勇往直前，在召唤中摘掉体内橙色的小灯
它们继承了这种值得赞美的毁灭，为了照亮生生不息的自然之家

2011.5.29

　　注：①太平洋鲑鱼，每年在内陆的河流中出生，在大海中
生长，再回到内陆生产橙色的卵，在产后死去。它们的尸体滋
养着大地，给两百多种动植物以营养，帮助熊度过冬天。

儿童节

为了能从水里捞起一片影子
我的窗打开在这个儿童节的夜晚
为了看清夜幕中一颗星星的坠落
高耸的水杉和南方麻雀选择沉睡
瞧，四周是吓唬小孩的层层叠叠的黑屋顶
那迈着细小的步子怕惊扰了谁的小猫
为它，我打开久闭的窗，大地送来萤火虫和微风
吹散了聚集在墙上多年的霉花
照亮我年轮中旋转的木马，并将它的吱嘎声装走

现在，我是无，为得到如此多的礼物而晃动不安
像纯真的人格欢快着重新飞回
不要打扰我，让我专注于张开的手掌
我的影子是降落的雾，围上来
嘘！年轻而明亮的海浪正在推动

2011.6.1

礼物
——给E兄（子川）

是什么给了你我不同的礼物
你是沉稳的
而我还很幼稚
因此
它给你一双温暖的鞋
却给予我，催促那双脚迈步的尖石子
它给予你坐标
而命令我奔跑
你知道我无法追上你
你那么高大，拥有茎脉、枝条，和果实
你得到的是整棵粗壮的树
我还很慌张，像瘦小的蒲公英寻找着认知
从这棵树到那棵，再落在你这棵

2011.6.1

木船

我着迷于墙，喜爱赤脚
像一艘木船快活于地板上的滑行
投落阴影，在下沉时涌出激动的浪花
在呼吸时搜捕鱼的气味
每天，拖动四周赶来的光芒
把寂寞捏成悲伤的饵料
多年后我触摸到的东西，仍只有那么多：
一双脚，起皱的皮肤
一个生命必须服从于一天的开始和结束
直到船头冒出冰凉而洁净的雪花
我乞求足够的力量降临，使我移动
墙正快速融化，亲爱的
它要成为那遥远而可怕——无边的岸

2011.6.3

我为什么不能飞翔

有些事是可怕的
比如没有翅膀，而被遗弃在广阔的天空
黑暗之中，站在唯一燃烧的蜡烛面前，我就不敢吐气
有时我忍不住惊慌，想背叛这个躯体
想敲敲它，它却不愿打开属于我的门
是啊，为什么我不能离开这儿，不能飞翔
河边的破烂小屋和门前的台阶仰望着我
旋转的落叶也有它的信念与自由
当河水在阳光下托起柳树的阴影
又一个小时追随着黑燕落在窗前
我的渴望会像我母亲在劳作时突然停止
从她背部的沉默中升起忧郁

2011.6.3

听到吱嘎声

我惊恐于猫头鹰①的哀鸣
在深夜突然醒来，看着窗户如何伸展那对巨大的黑影
这鸟儿正落在某个屋顶之上
它在鸣叫时驱赶人的灵魂再将它们衔走
外公——啊——外婆
思念亲人时我就将屋子敞开着
以便那声音能爬进来，对我屈膝，向我露出它贪婪的牙齿
我乐于接受它
哪怕我体内的萤火正在熄灭
允许它扮成熟悉的风
假装沉向你的窗台，在不经意间摇晃你的窗框
鼓动你下垂的帘子
告诉你，一个消息正在降临
我死去，像在梦里，你听到了一下吱嘎声

2011.6.5

注：①在南方小村子，猫头鹰的出现预示着不幸的到来。
跳跳外公在死前某个夜晚曾接收到这样的预示。外婆是跳跳的
最爱。

裙子

任何一种渴望，都是一具扭动中焦虑的躯体
而我的躯体，正是为了拨动这条裙子对美的饥渴
套上它，我就将它鼓起，年轻而又激动
它将我的天空推高，变成无边
任何时候，我不再弱小、局促不安，也不会羞愧
在它的庇护之下，白天与黑夜终于坠落
人们是流去的星，我忘记他们的光，忘记痛苦在独处时对我的
　　教导

苜蓿自土里冒出，这是我留给你的唯一，你——可爱的世界
如果语言的森林害怕的仍是火焰、攻击，像裙子上浮现优美的
　　花纹我将融化
我的手掌张开，曾拽紧的每个字，燃烧得又恰似维持一场恋爱
　　那样艰难
那么这诗歌中就不会有我的爱，人世也不将存有我最后的形象
只剩下奉献了自尊之后木炭的残余——给你
无论何时，裙子是宽大而舒适的，渴望悬在高处
以便我能仰望它，等着它落下，像结束点燃了新的开始
像降下一场明亮的雪，把我洗净带走，再把雪吹向无边

2011.6.6

如果，不会

如果怨恨的强烈足以让一个人消失
万物将不会出现在镜中
它们不再观察自己的影像
美将不再延续——
像风重回它的起点
而植物缩进土壤的黑暗里寻找种子
河流就要忍受原始的干渴
呵！冰从火中取暖
火焰，只能从森林的焚灭中获取自尊
爱打开了灯，恨却吹灭它
如果不能让这世界保持明亮和黑暗的交替
就连我，我作为人的一切都不会存在

2011.6.9

汁水

为何遗憾经常拜访我
仿佛燕子已将我，在生活中的视线压低
以便我能明白我的双眼，看不清大地
我的手指无法抽出叶片
果实也不能摇摆在我柔软的手臂上
没有花粉，我不能赶上风的忧伤
植物能做的我都不能
鸟儿能望到的，我都不能
而我每天所做的，只是为了证实：
这躯体又在精神的折磨中徒劳地度过了一天
我也曾努力生长，现在却面临凋零、被拖移
我——这人类的枝丫上掉落的果子
我被摔碎——果皮正在裂开，流淌出新鲜的液体
以证明我同你们一样多汁

2011.6.12

潜行
——给我家小狗狗的命运

暮色的寂静，遮掩了吸血鬼们的滑翔
躲藏于柔软的绒毛下啃咬的潜行者
牙齿闪过洁白的光，呼吸多么急促
当屎壳郎①慢慢变干，如同海藻的尸体
暴露在太阳下
就是这样，我们被拖进噩梦，被撕扯，被吸干
最后惊醒——镜中的事物再现清晰之美
它们匍匐在我们的皮肤上，从各处，如同海潮重新聚拢

2011.6.12

注：①屎壳郎，小狗狗名字。

我在同你说话

我是你的烟灰
是你遗失的时间
我是——熄灭在你手指间的星火
同你说话，陌生人
我是你不经意抖下的灰尘
我的舌头卷曲着，蠕动得像下午那么缓慢
在它舒展的气味里
我是布谷鸟孤独地鸣叫，拖移一条长线
我注视着你，河水荡出涟漪
荷花升起开在我的胸膛
也许我是激动的
我控制不住，抖落了这夏季，这迟来的雨水
我的忧愁蔓延着，它们多像你
多像隐藏于躯体中吹起那衣衫的微风

2011.6.16

考察者

生活是考察者
活着的是被监视的人
母亲的情绪
在一只刻有花纹的瓷碗中被打碎
她的性格在手指间掉落犹如一根经久不灭光芒的绣花针
我深信三十五年前母亲失去过它
在昏暗却柔和的灯下，在它发狂而追逐着我们熟悉的事物时
在夜晚
母亲劳作时拥有宽阔的胸怀
棉线，从这头穿到布的那头
如同开辟了执着的一生
它躲在里面
我们的家具、天花板甚至角落
顷刻间
我又看到，她趴着，写出歪歪扭扭的字迹
我感叹某天我也会被如此记起
我的孩子，考察者
我是我，还是母亲？
还那片歪歪扭扭？

2013.1.13

续

在死去的树木发出腐烂臭味的地方
我活着
在冒着泡泡的溪水边，被阴鸷天气遮住的地方
我活着
我穿着针线，引动小小的希望
绣出蜜蜂、蝴蝶、带壳七彩甲虫
绣出蜂鸟，小蚂蚁……

我冒充着躺在岸边的石头
冒充着火、气味、福地
冒充着从白纸滴落的墨汁
但我不能冒充自己
不能绣我自己
我用自身书写
我是一个续

2013.1.13

陌生世界

异样的冬天，蚂蚁待在屋内
黄绿色的香樟树叶正在闪光
冰使泥土不能飘移
我害怕看到人们痛苦的表情
因此，我不想出去
像一个写信的人死在自己的期待里
我置身于一个陌生世界

蚂蚁在我体内爬动如同静逸
它需要把腿搁在我的心脏，正如我
需要感受它微弱的颤抖一样
同一种期望是否能在不同的维度产生共振

呵这世界
我在年老的人们皮肤干裂时歌唱
我又用陌生的耳朵收听
这歌声，这树叶和根
这久久萦绕的慰藉

2013.1.13

谁还能让我心动

让这四月云中渗漏的光哼起探戈
赐予树叶明媚的舞步、天空湛蓝
赐予空气纯净
我，哦我，这被冬天风干的躯体仰躺着
什么都不记得了，邀请所有的颜色进来狂欢
这便是快乐，像身体
在困苦中对母亲的感激
多年来
我正在等待的那只手

谁能从外面将它打开
谁就是我的双眼

2013.4.13

柳絮

但愿我变成柳絮，飞扬在大地上
享受那动人的轻——
轻，轻填充向整个躯体
一伸手，满是风
满是世界对于小小心灵的包容和亲吻
我激动着，不为衰败
感谢曾经最热烈的那次绽放
我年轻时的过错，终于到了你可以释放我的时候
于是我的字
允许它们落向哪，就在哪睡去吧
我只是不能——
我只是怎么能把握这一刻
噢，我沉浸在甜蜜中怎么舍得离开

2013.4.14

记忆

记起你，多少次
我想把你揉进我躯体的观念中
或生动、抽象，或零碎，或如同指尖上
一场美好的恋情
你知道我的血液奔腾
像男人的一支烟点燃了自我
香山①
凝望你，我独自在那儿燃烧着
黑夜终于敞开了它的胸怀包容你的火焰
怜悯你，赞美你的树叶和塔尖
把你的寂寞给予我，让你的花朵在我诗行里潜行
即使没有任何读者
我们依然拥有彼此的庇护
我的爱倾泻而下，涌向你的塔尖
将我拖入
正是这样——

2013.4.15

注：①香山，江苏张家港市景区。

一节
——给扎西

我羡慕你，写着诗
字里的谨慎正在生长
一句接一句，像齿轮有序地推动着
发出沉稳而漂亮的节奏声
你知道我已多久不写，荒芜
失去方向——在南方
在一堆生活的焦虑中闻着湿热的气息
可我仍是幸福的，在谨小慎微里接受了夏天
思念着你的文字，回忆我们火车快乐的时光

我们年轻过，你明白，我们都说了太多的话
流露出的情感，像那事故多发的季节
时常会有响雷和碰撞，而孤独——
每日驶向夜晚我们醒着的心
你在前一节，我在后一节

2013.5.11

低语

你是否已不再忆起白杨的低语
那树叶与树叶编织的笑声，宽阔的鸟的翅膀
从我们头顶拉起黑夜
哦，那条路一直流动到我们的星河，我们多像一对依偎的恋人
在树下，虚无中，你的眼睛升起，凝视着我
如果我忘记反省，那我所获得的不仅仅是这真实的美
亲爱的，我坐在失去风景的船中，我划动着桨，在你不止一次
　　将我遗弃之后
在现实与虚幻之间收集着一生所需要的自尊
是的，它们是我身体里的颜色，没有它们，我就是黑
我时常失去信念，像一个罪人遗弃了囚衣
只有当我想起你时，我才会涌动泪水
我才会歌唱，噢，如果，我注定永远这样孤独地流淌下去，那
　　么爱，你在哪？
你又是如何给我传递了影子的快乐的

2013.5.12

在这雨夜

是谁制造了如此的欢愉
是哪一阵波浪，推动了街道，为傍晚降幕
在倾泻而下的黑暗中
我的它们，我们互相融化的点点热情
亲吻着，因那已消失的白日的慌张

有天，我也会走，再从你的树上摘下曾经的感动
和你燃烧过的手掌的温暖
你牵着我，我们的步伐一路匆忙，直到燃尽
像我们拍打湖面时一闪而逝的金色青春
我们无法保留彼此，因为天空会降落新的曙光
生命更替，这是最纯真的快乐

当枯萎时我们仍怀念大地的呼吸——雨水依偎着缓缓行驶的车辆
当我们的柏油路诉说着没有战争的故事
当梦幻像甜蜜的窗户，一心浸透整个夜晚

2013.5.15

爱

诗能填满你的心，也能填满我的
它落下的智慧填满了我们星空
它是我绣的一片海，涌动在我的胸口
也是我建造的岛屿，爱在黑夜中升起激动
这么多年，我偶尔写，我早已生锈
习惯了如何衡量得失，不再投稿、发表
它们点亮安静，就会在我床头冒出发光的叶子，呵，童话
每一秒，都在创造神奇
我相信城市的喧嚣也无法惊扰它们的梦
亲爱的，如果我选择了这样的方式爱你
相同的，我的诗中会出现那么多个我所爱的"你"
这代表我真的无法在烦躁的生活中将你释怀
在每天不超过六个小时的睡眠中
我在绷架上紧紧地缠着那根针，当它进出时
就会溢出我的泪花
——这样的时间多美
没人猜透这咸咸的，这涌动的胀痛
这到底是为了扑向什么，你也不知

2013.5.16

两份菜
——给红

两份菜，一瓶可乐
夜晚小餐馆里的安静细细摩擦着桌面
我们就坐在彼此的眼神中，亲爱的
这么近，使我们看起来——就是
对方的岸，我们拨动着往事，我们漂泊
我们的身体多像彼此的镜子
在镜中，我们透明、纯洁，为故事所动
光落在我们快乐和悲伤的交谈中
也点亮了我们的失望和恐惧
"当活着不再感受到安全"，亲爱的
是什么使我们变得更坚强了，你的父母离开了你
我在心中想念我的外婆
对明日的到来我们无动于衷，希望这个时间燃烧
我们清楚男人让我们无法靠岸。我了解你的
正是每一个夜晚所折磨我的。
爱情早已不是生活的必需
却像二氧化碳伴随在肺部呼吸的需要中
这么多年留给我们的，就是这次交谈
两份菜渐凉，一些冒着泡沫的挣扎
我想起我们曾经跳舞、唱歌，想起
我们消耗了的美好青春
你曾以酒相送，在类似的小餐馆
在类似的痛苦中以为我不再回来

2013.5.26

诚实

冷静的诗是一个可供躲雨的屋檐
它安全可靠，避免暴露不经意的狼狈
每写下一行，像人生前行到一处地点
会有唯一的场景修饰它，压迫，抑或紧张
生活中的情感道不明，像电话那头的忙音
断了，叫你感到不安
愤怒要来就来吧，不用依附任何一个美丽的词
因为我们的生活如此枯燥，一半用来忙碌
一半用来怀念
让它们自然流露，亲爱的，
在这样的世界，寻不见一条清澈的河流
只有漂浮物与垃圾
我们这样的年纪还需奔波在弦上
我们无须做作，集中精力飞翔
这多么幸福
风的刺痛和窒息的气流
只要努力，我们都可忘记
爱上这无尽的白天和黑夜，像爱上激动与速度
而真情像光，升起又消失

2013.5.30

把我种植在你的土壤中

把我种植在你的土壤中
把我，浸没在下沉的黑暗与孤独中
那是星星坠入的宇宙，熄灭了我对你的思念
让我减少记忆中最熟悉的光
在这之前，你的影像还那么近，一直朝我攀登
像常熟的风景，紧紧穿在我的身上
是我的壳让我安全
我居住在——你温暖的城堡——这么久
在这之前，再寻遍每一条小巷，每一根电线
在每一个幻影中，我都能找到你
总有东西会叫我失眠或痛哭——而每晚，我的偏见依然
我的枕边，空荡荡，像沙滩
没有脚印会被留下，这世界没有单纯的爱
潮水涌来又消失
直到你从我的身体里流尽，不再攀登
这并不容易，让我们的心能在这样的生存中
在乎得少一点
少到时间，也能失去它的谨慎。
亲爱的，把我变成你的种子吧，偶尔，把我丢弃
让我完全地爱上孤单，爱上脚步的破土声

2013.6.3

生日快乐

生日快乐，我的宝贝
让我燃烧着词语去赞美你
火焰从你的身后排列到你的未来
你的青春降临
像赐予你树枝上的鸟儿和鲜果
那——温暖的晨曦
当你微笑时，你鲜红而厚实的嘴唇
与你下颚的智慧一同伸展着
它们在歌唱时紧张、颤抖

亲爱的宝贝，我赞美你的语言
你手指拨动的吉他协奏曲中
我辨认出曾被掐灭的音符
对我来说，没有更多的东西将被损坏
除了容颜，身体，年龄和信仰
而你，一路将燃烧着
愿勇敢和真诚能在你硬朗的额头复活

赞美这重复的每一天
在被毁坏的所有物质中，
没有什么是真正需要的，除了成长、隐忍
像反光，落在灰烬的中间
而你已是大男孩了

2013.7.1

请求

已经三个夜晚了吗——
经历憔悴的雾霾终要散去，亲爱的
请呼唤蓝色的水
从窗外爬上头顶的天穹吧
在你我之间
屋顶褪去了落寞，街道含着金色奔来
浓密的彩绸慢慢包裹初生
那灰色的双眼，渴望接纳鸟鸣的欢快
急切地，都过去吧
我只是来这里度过了一夜
不小心激怒了旧事
到底是谁受伤了——
我要忘记，尽管她那么美，那么富足
但我那么不屑
因为我的贫穷和卑微就是我的所有
我的唯一是你
像太阳一样爱我
我愿一生漂浮
听，窗外，它们上来了吧——

2013.12.20

我的等待

黄昏等待的就是我所要的等待
天空后面黑夜的大鼓
像一整年对收获盘算的心被敲响了
被拧成鼓槌的人将在大鼓的中心跳舞
我们可也是其中的一对？
我追求着相关乐曲
我，迷失了，我思念着我的
句子，喝着它们，岁末美酒
盼着它们爱我
我仍然忠实于枯萎之后的比喻和幻想
盼望就此穿在我的身上
在光秃秃的枝丫上绽放我对命运的感激

为什么我这么幸福
我是一朵梅花在年末伸展花瓣
无比庆幸地，在爱你中度过颤抖的一天

是谁告诉我劳动的快乐胜于一切孤独
我感激，母亲为我微笑胜于一切劳碌
在我的文字中我只为你跳舞，我的爱
比起抱怨和欲望，手掌中皱纹的绽放要美得多
当眼神跳动时，天空将被吹灭
请你拉起我的手，亲爱的
不要让我凋谢得那么快
你的体温落下来吧

像斜阳最后的亲吻使街道动容
而黄昏的等待就是我的等待

2014.1.19

我无法念出我的名字

我无法念出我的名字，因为我给予不了它所需要的人生；它像
　　远方的你，下雪时我思念着的爱人，渴望思念也变得纯洁
　　吧；渴望它将我这破损的船体指引到大海深处。
我不想回来了。
想到我们都有蜡烛一样的名字，那么容易融化。曾经偶尔它亮
　　起，照耀我们相爱的日子。
谁说不是呢，光如同信仰一样重要，维护着微小的自尊心。波
　　浪啊，你吞掉了一个个自己，你找着什么了么，我的小人
　　儿！
我无法念出什么，因为我不想回来了。

2014.2.10

接近

我将接近你住的地方
诗歌建筑起墙
蓝色屋顶被细腻的薄雾思念着
我被你的忧伤吸引
仿佛我不曾哭过，不曾
激动。提起旧事
仅仅像点燃了火用来祭奠死亡
在这孤独的圣殿中
你的蝴蝶飞舞着召唤你的寂寞和惶恐
唯有水逆流而上，发出欢快地叫声
我们都是独自去那儿的
不带其他行李
我们的苦难不够，之后需要继续
唯有一种力量能让人无所畏惧
除了满足，我不清楚别的
水声流进血液，土垒得越来越高
一切都是清晰的
我们的胸膛比任何时候都更宽广
山丘、树林、阳光倾泻

2014.4.12

给天武

你用无眠之夜垒砌的小屋
现在终于开启了一扇窗
不为什么，因为词语那么诱人
你曾重复坐于窗前，为推开它而犹豫，而挣扎
而你，却又曾无比热烈地期盼过
那迷人的书写之后的赐予
世界微弱的暖光偶尔眷顾你和你的床
你的热爱与孤独在你的笔尖纠缠着
你钟情于往事或者永远
你钟情于叙述
你的钟情如此坚定，像不能切断的日子
像每天，你所需要的雷声和一场雨
但智慧钟情于你
当你把头埋于双肩
它将说出你的不安
这就是你与世界的距离
只是字与字的距离
生活是必修课，是诗集的封面
也是回忆给予的爱怜
包括微小的担心也是必须
然而，每一首诗都值得倾诉
现在，天武
我们终于靠近你，从未如此
那细雨在书籍里下得黏稠、谦逊、小心
在你身上，也在我们身上

2014.5.19

假想与真实

我不知道说了什么
夜晚的任何假设，都是可以成立的
但新的一天可以轻易毁掉另一天
即使在信任的时间里重生
我们的身体
仍能够被错误的观念轻易吹灭
任何事物睡去，就是幻想
连同追随我们绵绸的风
都可以被吹熄
当一切远去，重新
找到一个合适的词
亲爱的，用它来形容生存多么难
假设我们一出生就知道
我们还会如此坚定地前行？
如同摇摆的巨浪，勇猛地，找寻彼岸
呵，没有踏实的心就会恐慌么

这度过的每一秒，我们与植物那么相似
我们，只是这片土地的劳作者
清晨用太阳点燃头颅
夜晚在沉睡中陷入遐想的备忘录
我们的躯体是等待果实的花朵
在自我凋谢之后
在唯独留下灰烬之后

若这寂寞仍要欢愉

仍要攀爬，持续长久，那么亲爱的
我还能说什么——
在真实里相遇的我们
度日将不再可怕
向着大地，以我全部的力

2014.5.20

石梅小学

来之前
风已备完所有的课程
并藏于午后——
林间，或石墩之后
池中的睡莲，在园子剪开时被点亮了
只待我们的双脚
植入那明黄色、绵软的毯子中
惹来雀跃的沙沙之声
我握住宁静的小心脏一路沿着绿色绕圈
再上石阶
再上读书台
遗落的船儿划破下沉中的水流
一行行，雕琢清凉的景色
可曾听到——伊人曾吟诗诵歌
一片片，梅花花瓣印在大青石上

夏日呵，你就镶嵌在这儿
迎接那伸向你——没有忧愁的人

2014.5.22

皮影戏

父亲仍在铁锹下
我想象着——
暴露的青筋如何残忍地揪住他的皮肤、双手
但砰砰的声响仍然欢愉
像打不完的仗建筑成茂盛的篱笆
他年老时还要奔波于它们的投影之中

这脱离捆绑的影子有时会冲出鸟儿
有时，父亲会跟着吼几声
在泥土中播种脚印
但没有什么是必须追寻的

为了证明我们的土地如此珍贵
我们的嗅觉多么灵敏
闻出颤抖
父亲的身体中扎着坚硬的铁丝
有些信念燃烧它
它不断受热、变形、生长
有些意念足够长而捆住了躯体的各部分
生活多像皮影戏啊
他如何牵动，它们就如何笑

2015.1.8

递给我已经焐热的伞把儿

下雨了
父亲并不理会
因为这不是他人生中最大的困惑
雨滴从冰凉之地来
迅速渗入他皮肤的深沟
在瞬间它们窃取了所有的温热
就像岁月
窃取了我对父亲的关注
而我的温热
是被谁盗走了？
呵，这么大的雨
要迈过田野
这空气
要喘着粗气儿回家
头顶的云朵越来越厚重
够了，亲爱的
父亲
伸出手
曾经粗壮笔直的山峰现在弯曲地握着
他伸出手
递给我已经焐热的伞把儿
我们把一切抛向身后
这真不是最大的困难
在父亲的庇护下一股急流冲向我

我意识到
该死的，我爱着这样的生活

2015.1.14

竹

好久不动，什么都在压缩
什么都在胸腔堆积
什么都是需求
如果，出现一片湿润却硬朗的土地
我需要它，以便迎合我笔直的腰杆
让我说出诚实的话语
让我的字如同简陋的屋顶
让鸟鸣、风沙来伴

我期盼多一些涌动的黑色气息、让我摇摆
来点儿，一双熟悉的手掐灭的悲伤
来点儿暴露的，但我不承认的欢愉

我不在这儿
轻声问，我在这儿吗，你翻过去，那边就是理性之地
在冬天里
来点儿温暖的欢愉
让早晨的迷雾出生在墙上
生长在幻影中，在街角、镜中
有时候任由它，跟随流水漂泊到异乡

呵，我呼唤我，让我的脚步再慢点儿吧

以便我还能来得及有更多的告别
写下一些文字，挺直腰杆，立起来了

2015.12.15

赠送
——赠予S

过去是一扇紧闭的门
亲吻它仍是唯一的怀念方式
门缝里吹来寒气
无论是风还是雪还是洁白
这个冬天的寒冷我独自装订
在黑暗中，落叶的呢喃声更响了
在微信里，语言成为一块雕刻好的墓碑
在交谈时我倾听着悲伤
多么渴望，我能打开你的那一扇窗，除了亲吻还有触摸
因为你是独一无二的
雪的温暖更倾向于你

2016.1.23

睡眠

我的睡眠啊
你总是要在发射时卡壳
或者像齿轮一样脱轨
谁知道呢
我被卷入与空气摩擦的旋涡中
我不再恋爱
不再雀跃
我的睡眠啊
我是你的实践者
但我的身体只燃烧了一半
若我继续应允你的猖狂
谁能明白呢
在这片新秩序的黑之中
你还想给我暴露什么新景象

2016.1.23

野花

这些昂起向上的头颅
这些美妙的颜色
这些魂魄
从绽放到枯萎的
欲望之火
燃烧在那一小片土地上
我是一个局外人
我这么轻，向着有限的时间生长
难道不是
在平行路上我们相遇并彼此小心行驶着
你欣赏我
而我恭维着你

2016.1.23

我的海

我多么喜爱海
对你的歌声倾心
渴望你无尽的深邃涌上来
温柔地舔着、亲吻着
你给我的细语，我把它踩在未来之路
我可以，在你的书签里活下去了
把我的身体合起来
而我的心又敞开着
赤裸而又勇敢地
在这场愉悦地战争中打败自己

我的海，你就是我所爱的男人
一个美丽的谎言
我多么喜爱你
这种情感，在阳光下穿过了小镇暗涌的波涛

2016.1.27

雨中

天空熟了
大地摘着巨大的雨滴
夜在窗外冷却
倾吐出无数黏糊糊的黑
我是一个幽邃的缺口，敞开着
吞下这些冰凉的深谷
通向永久的寂静啊，在喉咙深处
在骨髓里流淌
你温暖着，延伸到我的脚下
我们枯萎得漫不经心
我们枯萎后，是否不分彼此
你来吧
一同被雨水奏响
回到我们同行的那天
一路疯癫，一路欢笑
与优雅紧紧相拥
像雨中的建筑，缓缓升起在沧桑里

2016.1.28

如果

如果你爱我的情怀能像白杨一样瑟瑟作响
能像它心形的树叶
能像它落下的一片阴影
阴凉而温暖
我们都不是爱说谎的人
让时间离开
我就等着
在你的枝条下
在枯萎的双目中期盼流动

2016.2.10

夜晚可有读心术

夜的嘴唇
爱的，恨的
雀跃的，翻滚的
我们在常熟之夜
最暗的时刻也要几棵树杵在那儿
也要一片湖泛些微光
散发独特的香味
我在
无人之地
在一根弦上我和那个人共同弹奏
我们就是那可读之物
音符降临
我们只要敞开怀抱

2016.2.13

大巴车

——给S

大巴车向我驶来
它的蓝色慢慢浸入
我穿着心爱的连衣裙站在路边
寒风啊一点点削上去
裙子的颜色将留在别离的路上
我脚下的这块土地
紧紧连着我要去的地方
但它就这么坚硬冰冷
不让我带走一厘一毫
寒风啊一点点咬上来
悲伤就是唯一的礼物撒向去的时空
我点缀着它
伴随着它
寒风啊慢慢变成它的样子
我多么，多么渴望想你

2016.2.15

槐树

依靠着河边的槐树已经死了
执着也不能使它再弯向湖面的波纹
石子儿紧挨着石子，一片白，一切安详
我不能再像年幼时听你的嘱咐
给奶奶送上一碗馄饨

竹编篮子的窟窿一个个那么大
扎人的毛刺立着
我却酷爱
我的矮个子就在那些洞中
望着笔直的水杉树它就冲向天穹
空气中
依然弥漫着送馄饨时
水杉树叶被碾碎的香气

我依靠着母亲，她就是我的未来
——我还在这儿，这儿
槐花绽放，花瓣同石子一般白
我不想上前，亲爱的
立于静处吧，慢慢凋零吧
呵，奶奶，只有你的童话故事依旧如书中所写
王子与公主过上了幸福生活

2016.2.10

怎么能

时间，慢慢认出我吧
我是用一生给你写诗的人
我把我的故事给了你
我把我的情爱给了你
你能不能把它们涂在你善良的指针上
一边走
一边将我从这个世界摇落吧

2016.2.15

为寂静

我的荆棘林
我的玫瑰树
我的手为你们而呼吸
——张合
在不想交谈的日子
被取消的时间里
一直重复地提问

流血是为了——
果实抑或花朵

2016.4.5

藏蓝
——在西藏部队某些日子

你说：外面飘雪了。
并不是
所有的念头都能化为一颗种子
即使大地愿意伸手，也不能孕育它
在神一样的地方弥漫着碧蓝，一座山咬紧另一座
艰苦被咬出味道，像人们棕褐色皮肤上的笑容
难以逾越这西藏的山沟
澜沧江，呼吸着稀薄的氧气，奔腾着
像我们不停消耗的时间，甚至忘了
风雪悄然而至，盖上头顶
在能够望得到的地方，纯洁控制一切
时间将告知我们真正活着的需要
掩盖的真理，待那枯竭之时——
往往我们想起来又忘了
我们都不再是清纯的个体
因为我们渴望被爱——越是脆弱得难以自持
就要在斜坡上，乱石中扎上根须
伸向无尽坚韧的暗谷
在夜晚我疯狂地爱着这世界
在白天，我随着杨树的干枝脱落
神说，可以把我种在任何一个地方
就像玫瑰可以种在土里
只要我生出一点红色的幻想，就能剪掉它
只要我足够坚强

面对这样的蓝天和你繁忙的生活
在绿色的毛巾毯子上，花瓣可以艳丽
我让你肩上的神圣说服我留下来
可以忘记——我此次的前行
当你的双目凝视着我
寂寞就像是一个无边
你有你的使命可以忘记我的一切
因为理解，虽然我们从不曾用心阅读彼此
这么弱小——我们，一定要被捆在生活的幻影中
人与人各自走着阴暗的小道，目光深邃
唯有拥抱的时候，像撞上这广阔无边的蓝
紧紧地，我们被水声拖向那明亮的空地
小小的牧草燃烧着
也许我能听到风雪
我说：我坐着一直等你，只要一个消息

2016.10.30

一把椅子or

好多年了
它全身卷着黑色软皮
线缝粗糙但均匀
起初，像一个饱满的婴儿
每一针，都能喊出响亮的疼
它倚靠着窗，从没移动过

窗外坠着山脉
它与它们相对
从山顶高高的尖顶吐出的金色阳光
每一寸都让它感到幸福
在这干燥得能裂开的空气中
山不为所动
绿了——黄了——又白了——

它望着它们哪怕皮质已渐渐无光
它想着它们哪怕针脚已慢慢开裂
那一厘米
就有一千迈想靠近的冲动

2016.11.6

一个寂寞的人

一个寂寞的人
一场不想停的雨
他需要故事去填充
也需要，真理或品德做成支架
他站得高高
以便看到更多空旷
让自己被风吹凉
吹得他乱颤
他死去
会如同雨下得没有声息
如同雨点敲打在烂泥里
如同打开一把足够长的梯子伸向那云彩
渲染它

2016.11.6

美丽只是幻想

多么无奈
解决人的贪欲
不得不
去创造一切

有个声音提问
便有一个激动的声音来回荡漾

2016.11.6

没有

没有一种生活
可以满足人的精神世界
没有一个灵魂
可以蜗居在躯体内不走
夜晚是拥有万物的没有
万物向它宣誓
誓言是丝滑的月光落在麻布上

我的梦摩擦着你粗糙的皮肤
吹来的一阵风
我小心说着话
听，历史在流泪
温度在昏沉

2017.2.11

暗的方式

我的身体
每天都需要一种暗的方式
对世界的不理解也将融化
我不再爱
于是温暖才会寻找我
我生存在结束里
也走在永恒的边缘

2017.2.11

在春天，我们占有碾碎的花朵

在春天，我们占有碾碎的花朵
我们捕捉桃花的香气
我们的烦恼使我们看起来是一头熊
蠢笨、踌躇，我们的忧愁就像一片广阔的麦地
在温暖中，丧失思考
在搜寻中，种子扮演了离去的亲人
天空把我们拉得真近
就像我们找到了头顶洁净的水源
在春天，种下去
在那狂乱的草之上挥舞金色镰刀

2017.3.28

长度
——给天武

你拥有的才华
是你一生的动力
无论你的肢体多么沉重

我们需要一些信念落在纸上
一些善良与自由制造光辉

谈起友谊
只有赞美适合它
兄弟，银河这么大
遥望也获得了足够的长度

2017.6.21

错失

在你落下的地方，我度过一生
我的存在却比你还轻

我们都不知道别人的故事怎样经历
却同时错过了秒针马不停蹄的样子

2017.6.26

选择

真正的爱是不能衡量价值的
而孤独是力量的反面
我们赤裸着，看到自己长得像孤独

告诉你
针孔很小
小到容不下深深的眷恋

2017.6.28

蜗牛

我愿意为之奉献一切的菜地
我为每个赞美都留下过白光

你为我带来一阵风
他为我带来一阵风
我在每一段交谈里居住过
慢慢蠕动，是我为之骄傲的一切
你还需要知道什么？从我这里
年轻的秘密
年老的决心

2017.6.29

光明

在大片阳光降临的日子里
在土地上压着的沉沉希望
像密密麻麻的火焰
让渴望成为一只飞蛾的我仰着头
不管是生还是死
向着美好的谎言滑过去

这一切，在得到与逝去之间
为爱而生的灵魂
为感激自己从黑暗中潜行而来

2017.8.18

盛放

离开那些等待
离开那些等待
那些疯狂的空荡感会拨乱你的头发
拨乱你的神经
揪住你的皮肤
你只是一个受到长久冷落的欲望
你是爆发的前奏
离开那些
离开那些
你忘了你是谁
放开自己
更动人
更像一株盛开的红玫瑰

——我们以为我们爱
却不知，爱早已离开

2018.1.20

拯救

有的人会把自己毁了
用意念把自己毁了，而不是年龄
今晚的自由给将要毁掉自己的人
用他们肮脏的性格
用他们腐败的内心
他们抡起锤子捶下去
没有一丁点碎屑
只有一种声音会留在空气中
用足够的力度
暴露回归的善

2018.1.20

大卫戈尔

我靠在墙上
墙成了我的一部分
它是我的思想
我失去的是我的自由
它冰冷，我悲伤，
这是不是救赎
大卫戈尔，你用生命交换了你的意念
而我与生活的交换
仅仅是这一面墙
除了悲伤、冰冷，还有坚持

2018.1.22

成为

我不能成为每一天
不能用绣花针将自己扎进布中
我不能存在于自己的生活中
我无以言表地接受了沮丧
阳光总在可见之处
说出我的羞耻心
我仿佛什么也不能成为
只是一堆颜色
暴露在这儿，不开花，不结果
不能成为

2018.1.23

探望

尽管他仍是我们中的一员
活着，经历过战争
保留了一副空弹壳的样子
棉袄裹着他，灰色的格子袖套
他将双手伸进袖套的暗中
尊严、干净、温暖归属于他
一百年是一种怎样的孤独
除了清空所有的思想，但仍热爱生活
有一种情绪受到敬仰
微笑、满足，不再有欲望

2018.2.15

读佩索阿

当我与你通话
我是风越过了山沟
我的激动从树梢上刮出声响

我不怕它们令我寒冷
也不怕它们突然不再移动
我只怕电话里的沉默久无止境
只怕听见你安静的呼吸声
像陷入火焰的灯芯灼热不已

2018.2.16

深情

哭吧
尽情地
像男人在深夜迫切地需要
楚楚可怜的
他们身体中蠕动的物种
他们深爱着自己

我深爱着我的爱
残缺的城堡
播种在一无所有里头

2018.3.18

启程

当你启程在那些病痛之间
手搭在白色的病床上
握紧了流动的血液，亲爱的，你在远方
但你的呻吟蔓延到我的床边
爬进被褥、耳膜
床与床并不相爱
但躯体会使躯体决堤
你睁开的双眼打开了梦之门
但愿我清醒
看着泪水挣扎于明亮的心
总有一次，从你眼中
涌过去

2018.3.21

黑与白

黑色是盲人的障碍
白色是正常人的障碍

白天是舒展的爱
黑夜是凝结的怨
丢弃的会粘住我们越来越黑
追逐的将远离越来越白

道德要分离黑色剩下白色
真理要分离白色剩下黑色
失败是生者的黑色
感恩是死者的白色

永恒……属于……

2018.4.1

四月，我该置换背景了

把樱花移过来，桃花，还有牡丹花
还有，把我移过来
把我植入皮肤的透明中
我的皱纹终于赶上了母亲的皱纹
胸膛如同松弛的山丘
我们热爱过
透明的玻璃瓶装过爱、信任、脾气、失望
我跟母亲斗嘴，让她想起她的母亲
外婆，我们的距离一点点靠近、重叠

清明、四月，我们品尝茶水
苦涩一点点涌入
在死者与生者之间

2018.4.1

水滴

也许此刻我更成熟了
因为我失去了整片海
我爱过石头、山脉、城镇……
爱过一切现在看起来不可思议的事物
我爱过孤独
但现在我得到了它
不，如果什么也不剩，我要变成它
变成光辉

2018.4.2

赠诗
——给H

给予全部山川
精神的，肉体的，道德的
给予死去的人，善良
过去或明天
我们奔向那个相同的地点
我们之间，对话就是一朵雏菊
它爱上了泥土
卷曲在干净的诗行

2018.4.3

探望

铁链说：这一生锁不住阳光
墙说：这一生关不住亡灵

当阳光落于墙间，如同飘落的印章
盖在墓上，厚厚的草长起来了
当一个人前来祭奠
用沉厚的脚步声压于这草的寂静之间

2018.4.3

描述事件

我依然悲伤，黑夜把我捆进它的麻袋里
我不能呼吸、判断，不能移动
黑夜钻进我的血管
我的身体也慢慢熬成了黑色

我依然清晰地看到：
那个趴在驾驶座上抽泣的女人
那个等待着他们偷情回来——
深爱那个男人的女人

2018.4.3

梦境

我的梦境会有呼吸
它是一艘瑰丽的船，拥有狭窄细长的船舱
以及擦得明亮的玻璃
船带着我穿过一个个村庄
滑行于蓝色、清澈见底的湖面
多年后，我依然清晰记得
这个梦，这种清澈
能将活人的心归还到圣地
欢悦的鱼群奔腾在我身后
拖拽着我越来越长
以至于
我被潮流冲散变成了蓝色的水
唯独只记得了那新鲜的呼吸

2018.4.4

双手

有双神奇的手
是多么有趣的事情
黑与白占领了正反两个面
我用它们来赚钱
用它们捧过温暖的一撮灰
它们毁掉了一张证明我们相爱的合影
如今——永远地失去了你
我独自坐着如同香樟树一样散发着香气
那只被压住的黑手——跟随着路基慢慢变得顽固
那只白的向上伸展，慢慢
它变成了想你的天空

2018.4.4

与春天

我是影子，与这个春天紧密相连
它绽放，我移动
它灿烂，我变得庞大
大到整个城镇、道路……
我是疯子
敢爱着我所爱的，敢抛弃我要抛弃的
但大地啊，万物归朴……
慢慢亲吻我

2018.4.5

写你

我就是要写你
深夜里有一本教科书
你是老师、学生，你也是那个窃听的人
你也是黑夜里的一个老头了，你也是黑夜
你打着手电筒照亮自己的骨头
它疼，你也痛
它亮，你也耀眼
多年后的一天，我不知道需要多久
一个男孩会翻读你的书
自此他认识了一个写诗的王天武
但他不认识我所认得的这个你
他不知道，你怎么活过来了
我知道，所以我要写
写你会叫的骨头
时刻把你叫疯

2018.4.5

铜铃
——给扎西

我们就是两个铜铃
孜孜不倦挂在不同的地方
你在沈阳，我在常熟
大片好时光收拢在铃内
有时我们叫着，没有人听到
世界会窃取我们的声音——有时
我们被迫闭口
我羞于提及我的常熟
羞于提及你带着病痛的躯体
而我们为什么仍然活得孤单
那日益衰败的一部分——推着我们
这一晚从未有过的动荡
你听不到，我也听不到

2018.4.5

竹林

唯有拥抱
它们才能站得坚挺
在信任与信任之间，以涌动的形式
没有一刻它们停止了私语

我不会融进去
在我一无所有时，它们吹醒了我的海
有一秒，停留在我以为我融进去了
如同其中的一株，以欢乐的形式

我在它们之外弯曲
我满意于我的弯曲

2018.4.6

给梦熊同学

赏尽春日的一扇木窗
环绕世界的一阵自由之风
这些是我今天所有财产，所有快乐
世界认为我被关在它的狂笑中
可不，它也是在我爱的世界之外

2018.4.6

比喻
——给梦熊同学

如果阳光跟你说话
你就是一条小巷，青石路
要铺到你爱的她脚边

如果你倒空了所有念想
你就是整片天空
所有她站过的地方，都扑入你的双眼深处

你越来越有大自然的折痕
为它所服
钉子将你钉进了某个日子
钉钉子的人已经走了

2018.4.6

除此之外
——给扎西

每天你关心着你的新增关注
你是一个玩数字的老头
除此之外
不能再玩感情了，不能奔跑
不能再爱或不爱
不能再玩脾气了
没人比得过你的脾气
玩玩雨、黑夜、玩失眠，玩失踪
空荡荡的衣服需要填满一颗实诚的心
你是可爱的老头
你是我们爱的老头
在日渐陨落的日子里
每天都有一个幸运数字，无可挑剔

2018.4.6

总以为

那潮水，疯狂
那火焰，绽放
那星空，是爱在瞬间的静止

那任阳街的跑步声惊扰了我的梦境
折腾过一夜又一夜
不成曲的吉他音，我曾带走
我站在晨曦之间，亲爱的，如今打动我的
是那根拨动晨曦的弦
那破晓咬过的玫瑰花
那唇边，那总以为……

2018.4.6

雪地

多么难忘奔赴的力量
所有的雪落在了静的上头
停止了，曾有过的冲动
曾有过的爱焚毁的瞬间

现在一切相融
让泪水渗入菜地，让阳光成为明媚
我已不是那个我
那颗受过伤的心，曾羞涩过的
在一颗头颅抬起的瞬间，永久消失了

2018.4.6

欲望

当女人被一大片温暖的潮水包围
而男人，被一道耀眼的闪电击破
他们在沙发，在浴室，在墙边
他们在画里，印象里，在梦里……
卷动着

日子所剩无几
你行走的每一条幽暗小巷
每一个深处
倒映出那双目对望时短暂的安宁
那似乎永恒地停止在
在里头的冲动，你久久不能走出去抛弃它

2018.4.6

含笑花
——给陈玉

寻得香味已是傍晚
和朋友各摘了一把
揣入兜内，钻进车里
含笑花干净、羞涩
香味蔓延
同风移动的速度一致
我们在十梓街漫步时
就被这种气息捕捉
朋友夫妻两个
因一句不快而拌嘴
她腰板一挺，声音升高
语调变强，似抽水器
一气呵成。多数家庭
的争吵亦是如此演变
脓性伤口反复增生
想来可怕。人到中年
脾性控制应当有酌减
还是我孤身无人可拌之故？
觉得吵架亦是一种温暖
有人同享日子
不管好坏
皆喝一锅汤，同压一片影
我发现路边一株好树
与我相当，枝叶茂盛

不知道何名
依于临街，独占光阴
阅尽热闹。朋友捧得茶水
已是全然忘记之前之怒
不忘给自己的爱人
品尝一口，捧一手含笑
不忘给他闻一闻
明明香味已经挤不下一辆车
我还是觉得我跟风一样
无音可荡

2018.4.8

这棵树
——给扎西

这棵树
是个骄傲的人
他在跑步时沉重喘着气
空气在呼吸他
也在读他
停下来会很麻烦
空气会锯他的喉咙
哪个是他
哪个是生活
他在写诗时
爱使他颤颤抖抖
从树根渗出
瞬间
他的皮肤上全是
斑斑点点的星
他看着你
他的双目在深邃的暗夜
修剪你

2018.4.10

乳腐清粥
——给H

每个女人都有一个爱她的人
也有一段被她毁掉的爱情

每幅窗帘都有一万次飞出去的梦想
但它们都被铁丝紧紧拽住

我们的死里都有生时的恐惧与抗拒
但每个对生怀念的死会躺在永久的宽慰中

每一种苦涩都是每个日子的甜品
落日余晖将它放飞一万次从感知到消亡

每一次种植，都有挖掘之辛
每一次爱恋在清晨复苏

每个女人都该有一个她深爱的人创造奇迹
红乳腐的深浓跳跃在白色米粥的清淡之中

2018.4.10

在清晨
——给阿峰

这是坠在耳畔的较量
我听到与时间的拉锯赛里
血管求败的声音
我在我的身体里老去
想起你寻找到那个她
想起你们，灿烂的早晨，有面条
包子、油条、白粥
也有新鲜的空气，在——
相互凝视的温馨中
时间沉浮，也寻到了它的她，我想
所有的别离消失不远
而我在哪，我不属于这儿
是草丛追逐着虫儿，还是
虫子寻到了草
我不清楚并忧伤这一点

2018.4.10

花尽所有逝去日子的梦仰望你

花尽所有逝去日子的梦仰望你
用尽所有仰望
才能活在对你爱的期盼里

多么明亮的一天
欢快的情绪就像我转角捕捉到了落日
被供养在天上
世界被光芒剔除，只剩我

我活着不为那死，也不为悲
倒是为了看叶与叶更迭
推动着
牵挂你的每天
在院子里已堆上厚厚一层

啊，我终是要等到
你浮现在我四周，到处有细小的缝隙
到处是对你紧紧拥抱时的呼吸

这儿，长凳下，这儿，这层层梦境
每天沉沉地
直到压弯眼前这棵树，它突然摇摆
在我变得白发苍苍后再也停不下来

2018.4.11

旅行

我如何渡过了孤寂
深夜是一层层浪的旅行
星空伸出布满石纹的手
浮现斑驳的沉思
芙蓉花在耳畔歌唱
我无所作为的一生也在起浮
回忆去过的任何一个地方
拉萨、桂林、北海……抑或
北京、上海、杭州、南京……
一个个新的我诞生了，我成为不同的城市
不同的白云、道路，连绵不断
拥有不同的爱的信仰
亲爱的
每日，我将自己植入黄昏
清晨我又从黎明的旅途中收割
我不是毁掉了痛苦，而是开垦了它

2018.4.12

美丽人生
——给罗伟

你让我想起无脸男①
千方百计想成为喜欢千寻的好人
我们中的任何一个，都有一张体面的面孔
为此我们劳累、装扮
我们需要一个善良的角色
来理解我们活着多不易
需要一个美丽人生
在我们五官做它的精雕细琢
有时也沮丧
就像肆虐你的感冒使你面目全非
罗伟同学，圭多和多拉②会治愈你的困惑
我们不在童话里
模糊一点更好就像被压进去在童话里

2018.4.12

注：①无脸男，动画电影《千与千寻》中的角色。
　　②圭多和多拉，《美丽人生》影片男女主角。

分行

诗用整体改变了命运的分行
每次分行将删除我前一次悲伤
悲是什么，它隐藏起喜悦
在一只晨鸟的心中

我醒来，天空湛蓝、双目无边
常熟，很遗憾，我要飞翔却又回来
我的双唇辨别不出你的气息
握紧枝条
在诗里我将完成我和你的人生
但在未来的死亡中才能彻底摆脱现有的惆怅

所以，人性正要向我表达什么？
在中间，随时、随地
在你与我的连接处切断，留出停顿
我清楚一切不可扭转之物
它面目狰狞，始终就在这儿

2018.4.13

月光

我在地下走着
只因恰巧看到了他们真正的意图

当我仍在一个地方强烈地思念你
月光会温柔地俯视泥土
我的根越爬越深

2018.4.21

沙粒

如果所有的感知是沙粒
摸起来粗糙，像触摸到了过往的沉重
在我们体内一点点移动、变宽
直到我们被压扁
躯体不再是躯体，是善意或邪恶
我们是悸动，是痛哭过的泪痕
在这儿，这些缺损的皮囊，包裹着它们多么欣喜
每日像湖面用谎言舔着夕阳：我们在这儿
活着深爱过某人，那就够了
沙粒粘着我们，冥思的光辉，那么骄傲

2018.4.13

我的颜色

每天我所看到的会折磨我
因为每个人都好奇，为什么自己过得不好
我也有过一万次自杀的念头
但我活了，喜欢白色、蓝色
喜欢触摸宽容与忧愁
在你目光所及，灰色要下一场爱的大雨
覆盖我回程的路
你的硝烟里除了对错一无所有
黑色要敲得我失眠
我害怕跟你的距离，因一天
事物的终结而仅变成了怀念
巨大的静止在血液与血液的战争中升起
红色，越来越淡
我看到我会被你或他人从世界抹去
就像春色掐断刚发的芽
像我熄灭在自己的脚印里，身后的色彩那么深
足以让我不能在清晨醒来

2018.4.16

墓前

你选择在中间的位置伫立
在整片海的中间像被侵蚀的桅杆
你的烦恼在陨落
你的双眼将升起
你涌动，如果无它……

2018.4.5

战争

与信念搏斗
我是战士
与孤独搏斗
我就要坠落在黑色的大峡谷

我荡来荡去
在寂静中
编织成另一个我

我是无知
我正凝望，我正放大

2018.4.20

悲伤

写诗送给自己
为了我的嘴唇能亲吻到自己
世界闭合
我关在我中

我满足于爱的力量
但爱情需要另一个有别于自己的人
在我诗里出现的人，有另外的爱
写着别的悲伤的诗
我爱着自己
所以获得了多重悲伤

2018.4.21

花瓣

为什么会有花瓣这种事物
轻薄、柔软、艳丽，似乎并不能存于世间
美得使我幻想我已把自己移交

她在我身体里，美移到了我的身体
她在我身体外
美溢满了整个世界
不，我不哭，我认识到，我会衰败
她却会不朽

2018.4.21

七浦塘

那个眺望湖水的人
那个模仿着自己的人
那个撕扯着影子的人
他就是湖里的那个人
他们一同生活多年
终于熬成了岸边的枯木
终于熬到了
动一动手指
他就能把那个波光粼粼的自己给抠出来

2018.4.21

日记五月——

五月二日
踏遍万物
我就有了自己的风景
融化悲伤
溪水将汇聚成一片片湖

2018.5.2

五月三日
等我的诗本
被他人捡起的一天
万人之中
我获得了一次回眸

足够盛满一大片
不可颠覆的洪水
我是以诗为眠之人
死了也像在呼吸

2018.5.3

五月四日
如果日子往后挪
我会不会像楸树一样
伸出枝丫来
坐在上面
会不会在人世的疾苦中
盛放出粉色花朵
我会不会变美
而落了一大片

2018.5.4

五月五日
这是胜者的房间
但愚者却夺走了空气
听那麻雀欢喜地叽叽喳喳
世界变小
成了房间的一角落
树影紧紧
贴着它，怕自己飞逝
永恒之神在窗边经过
看着会心一笑

2018.5.5

五月六日
悲苦从不展露伤口
它的潜入无声无息
它只是——回收物

2018.5.6

五月七日
需要多少个日落告诉我
时间也会死
需要多少个黑夜来证明
生命能坚强地重生
爱你时
我总要忘记一切辩证

2018.5.7

五月八日
夜跑出了边界
万物释放
唯有触摸
你才能看到囚徒
在我们闭口的时候
开始吟唱

我喜欢倾听
因为白日
我的耳朵聋了太久

2018.5.8

五月九日

风带走我的话时
我盼望着
你占据所有的风
风走后我才发现
它留给我的寂寞比起任何时候
更为荒凉

2018.5.9

五月十日

为了飞出去
我准备过很多翅膀
也让心变得更轻、更谦逊
我努力
却从没有实现过遨游
于是我对失败
怀着深深而永恒的敬意

2018.5.10

五月十一日

文字是只冰冷的瓷罐
装进去多少疑虑
回音就给我们多少悲伤
我触摸着它底部的深沉
像迷失的船粘着一个暗礁

我表达了全部生的希望
我不敢确定绝望是不是也在翻涌
另一个地方
我将会毁掉这个我

我度过的这一天，不会沉重于
逝去的任何一天

2018.5.11

五月十二日
我骗过自己
遗忘的力量就像甜果酱
曾经我也是一颗果实
再之前，我拥有过一双明眸
我也是一朵花
开过失眠的黑夜

太阳还是那个太阳吧
小时候在村口河边期盼过
前途一片光明似的

2018.5.12

五月十三日
能不能我就是一棵白杨
从高空收集远方你的气息
粗壮的树干
让我坚挺
所有来临的日子里
根把脚下的土压实

不知道我已成了孤独
我只记得，消失的某个人
将每一片落叶深深爱过

2018.5.13

五月十四日

我问你
分分秒秒
我爱你
倾听着我的爱而入眠
除了你之外，其他的都是虚无
除了你出现的一刻
其他的
都是需要跨过死亡的距离

2018.5.14

五月十五日

不知自己又睡去
不知说话为何物
生活的感知一切在于取巧
如同一只河蚌，制造着珍珠
如同梦在眼皮上擦出光的亮度
酣睡吧，向它的河床倾付甘甜

2018.5.15

五月十六日

嘴唇是骄傲
付之于名
躯体会结出果实
我成了窗外
大地的口
一根地平线的准则之绳：
人之将老
亲赴万物

2018.5.16

五月十七日

可怕的不哀叫
压抑的一直不鸣
悬得很高的丧钟
设在路口
当死亡经过时有敬畏之意

多坎坷，无人懂的沉默将行之
多残忍，战争里消失的生命
仅能用哀求的眼神明示
面容要微笑
丧钟将开口

2018.5.17

五月十八日

你不看着我而我
不能假装看不到你
你走后，世界在我背部塌陷
粗糙且凹凸不平的残迹
重压在不同的城市
我们画成影子
埋入人群，你跟随着
哲理要在无声中生成有别于爱我的爱

2018.5.18

五月十九日

有时你不懂伤心
你只是为它而哭
画不出伤心是什么

你靠过去
身体发凉，它跟随着这冷抽搐
越来越熟练地
你应对了它
你知道黑色是代价，光明是顿悟
你甚至抚摸到了伤心的样子
它藏在你的皱纹
如同老年平静的后脑勺
已经
将扭曲的面容安全地送出去了

2018.5.19

五月二十日
让风吹向陆地寻了万里
让枯萎的花颤抖着再绽放一次
让相框装下一秒钟
让两幅相爱的面容不再分离

在某个炎热的早晨我们相拥了淡淡的悲伤
在世界的一颗种子里找到了它
（相册）

2018.5.20

五月二十一日
当我想着获得
我是否需要奉献
如果自由要我换掉身边的一切事物
包括亲人
我会不会悲伤，如果我的悲伤要快乐换取
我更想要温暖，但我

会失去自由
在一切辩证法里
原来那可怕的东西并不能被消除
原来
财物
仅仅是呼吸的通行证

当3U8633航班的挡风玻璃碎掉
它多么接近那最高的东西
那恐惧像极了，每个活在边缘的人
我歌颂机长，如同风触摸了自由的歌声
至于我，不
我看清自己，已是就我而言的高处

2018.5.21

五月二十二日
大雨虽然停止
但它尚未送达它的光辉
还趴在青石上与鞋子窃窃私语
它与影子很有聊
而它注视我，使我不敢开口
这场辩论谁都可以参与
活着或死去，在反光里重新审视世界
走在路上，如同触摸到了神的衣角
群鸟叛逃跃入高空的情景
像一支震耳欲聋的送葬队伍踏碎了镜面

2018.5.22

五月二十三日
人类不会忘记欢爱

因为神赐予眼睛、躯体
就像赐予了花粉与蜜蜂、梦的光辉
引导我们从他人的目光中授粉
即使是失明的人
他也拥有爱与伤害的能力
这不能停止的歌声……
我身体里的一小部分跟随着蠢蠢欲动
如果羞耻心驱使
我将与我的孤独搏斗
在野性与神圣之间熄灭战火

2018.5.23

五月二十四日

母亲
我仍不能发现我存在的意义
镜子也不能发现意义的样子
我比尘埃重一点
比光线暗一点
母亲，当你给我做饭时
我感受到了未来孤寂的压迫
你告诉我亲情就是流动的血
白米变成血
它很浓时，就像我爱你
它很淡时，就像我不得不爱你

2018.5.24

五月二十五日

有时我会听到月尾的声音
它比叹息再轻一点
我感到我的身躯变矮了

而不是像稻谷茁壮成长
我不在大地上，我的收割
也不在人世中
但我投身去大地
坚信可以变成赴死的希望

2018.5.25

五月二十六日
双手热衷于传达
有时会紧握对方，像友谊
有些秘密会让它失重，像诗歌
狄金森：发表是拍卖人的心灵
诗集就是失眠的夜晚建造的森林
一个字是一棵树在对我说：它们很孤独

写诗时，安静会传递而来
也会发出沙沙声，
我看到另一个世界的双眼，有同样的凹陷
我把你的诗集放入双手间
它是物件，厚实
是你的每一天
让我的手一点点低矮下去
突然间我闻到了树根深入泥土的独特芳香

（给梦熊）

2018.5.26

五月二十七日
我听见了鸟鸣
那只鸟儿就会飞来我身边吗

我躲起来，变得淡淡的
我的躯体就能变模糊了吗
我跟我的爱人互相不通讯息
仿佛我再也不能甜蜜地睡去，下一秒
我也不能闻着花香醒来
我再也不能适应黑暗，不能编织白日
亲爱的，我盯着黑夜，我想象那是你
这一片寂静就是盖在你眼皮上的那一片
你会不会因为共振
知道我在决堤的泪中亲吻了你

2018.5.27

五月二十八日
你把头耷拉在一侧
墙无比幸福地摘走了你的梦
竹木椅子接受了你的承重，但它保持缄默
此刻，大自然的呼吸
一点点落在你的白发、倦容
你外套的暗红色中
犹如田野的飞鸟就是你睡眠的颜色
一掠而过
也许你去了我再也追寻不到的远方
因此我相信
你睫毛上露珠已经生成
你正在倾听晶莹的光温柔降落

（母亲在清晨睡着了）

2018.5.28

五月二十九日

你撑着伞

是否适应了一半的昏沉

像半只苹果在画里被描绘成灰烬

你曾碰过灰烬

手指还存有它的味道

现在你不再想念去世的母亲

而是想念它

灰烬里的诗情

像你剩余的枯枝站着

你看到一朵花绽放

在周围的一大片空地被掐灭

花瓣为了露出花心而去死

你觉得你也是它

你的存在是为了证明

另一半的躯体不在灰烬里

那没有被画出来的

活在世上

犹如刚摘下的鲜活的苹果

（撑伞的人）

2018.5.29

五月三十一日

想到那一次，我突然停笔

停下时我发现原来我从来没有过笔

我无比惊恐

四周的纸张上抽泣着小小的悲伤

把我安置在疼痛的间隙

不，我无法跨过去

我已是一片被抽去蓝色的海水
不，我涌动起伏，而它们已抢先夺走了潮声

2018.5.31

当我离开你们

当我离开你们，重拾宁静
脱去了困苦之壳
宁静成了我爱的全部
它欢撒着雨水
安枕在我的头、肩膀
蜷缩在我的双眼、皮肤之下
画着我的心脏
试图缝补上面的裂痕
我如此热爱这活着的一天
缺陷早已不再重要
如同我仍在母亲体内，返还发肤
对群星
有着巨大期盼
黑夜里，我热衷于自我满足
比起任何时候
对熄灭的火星的爱已更长久

2018.5.5

当我与小镇同眠

当我与小镇同眠
它的河流穿过我的躯体
在我的静脉里雕琢寒冷的岸
它的白日带来虚幻的低语
比起泥土，我要埋得更低
我的生命缀满了任何一片草叶
在睡梦中响起满足的鼾声
风涌动，我分不清它是风
还是海
如果我的死是暗礁
那海面都一样平静
那永生存在
就像你的睡眠
也像我的睡眠

2018.5.6

当星光还在流淌

当星光还在流淌
乌云该不该变得残忍
蒙大拿州该不该泄露秘密
太阳在下跪的水中失去光芒
而我们
捧着头颅要游过大海
这天在一无所知中而物种在繁衍中
网络依旧构造着绚丽
吸引着迷失的雨林
我们手中的重量在里面播种
它需要更深的理解更深的奉献
在一切不复存在之前
我们仍然热爱自己
在一切步入黑夜之前
坟墓浸在无限的水中
像旅行中任何一个有生命的事物涌向欢乐

2018.5.6

平原

这个早晨慵懒成一团草垛
匍匐在母亲的眼皮上
母亲沉重，她的白发朝天空生长
执着小剪刀在下面挥霍，撕开小药贴
就像释放的春天小平原
她把它们剪成一小丘一小丘

就像剪着这凋谢的一天
剪刀在空中不断发出脆的声响
让欢快的雪花被整理下来
她暂时忘记了往日的贫苦
任透亮的药液渗入她劳作的手指
她询问价格，我一时语塞
治愈与价值付出并不是等同的平行线

我们默默互望时火焰燃烧了我们
我们像黑炭一样消灭内在的病症

母亲的一生种植在不同的平原上
我的一生要消失在挨近她的平原

2018.5.7

老人

你发现
你的躯体
已经有了一个无法下降的高度
说话不能被理解
入不敷出
你看到自己的精神区域被瓜分四裂
抑郁、贫瘠挤进你的晚年生活
挫败感缀满了每个毛孔
但皮肤依然爱你
温暖你、陪你抽烟、喝茶

你看着上升的烟圈
突然明白，那些不能说的秘密
落在院中的树叶拖拽着你的目光
第一次，你为自己感到满意
像重返年轻：
时间不再流动
躯体不再哀求
你想起，那个你爱的她

2018.5.7

当我决定睡去

当我决定睡去
就像一片孤独有了防护墙
面对根的沉默就像树枝曾经摇摆过
告诉你，我在这儿
但没人知道我怎么出现
我曾陷入失眠
每个夜晚使我看起来像秋天的落叶
铺满这烦躁之床
我总发现我是屈服于这个身体的
它想念着你
你携带着虚弱的光就像一生的自由
只要我越是深深地吸入黑暗
我就再也无法忘记地看到了你

2018.5.7

如何

有钱如何
有名如何
我安安定定落在家人两字
这种联系如蝉翼不可捅破
本是一处从外而归的地方
却发现它一直是个出发地
万日到头皆藏入一个一字
无情无爱无生无败无错失
我始终无法与一字相交错
与之平行也从未深入我心
花开自然香
鸟鸣又是晨

2018.5.8

你不属于你

每个人的忧愁不同
我们都羡慕别人的世界
固守在愿望中：
忧愁囚禁于你
你不属于你
而我的心，正被你掩埋

2018.5.24

朋友

倾诉是无能
但我不得不承认我的需要
等同于
召唤一场无声的引力
我与丑陋从未这么靠近过
彼此对视
它是我触摸到的失落的形状
是失去星星的宇宙
你根本不知道
它其实是无边

2018.5.24

月亮

被我怀念过的街道月亮也亲吻过
发出嘶嘶声
我爱每一寸冰凉的反光
让我的眼睛不再只是注视
而是也成为反光
事物多么柔软，缓缓、赤裸着向后移
陌生的脚步获得了呼吸而令人期待
我亲吻月亮，如同我怀念我的长发啊
曾经它怎样
挡住了你对我深情的注视

2018.5.30

安眠

这是我喜欢的黑色
我在阳台上摸到它在蔓延
我在床上闻到它的味道
我在诗里听它一点点绽放
这是我爱的忧伤
有大片的建筑互相依靠着取暖
它不会告诉我意义
它只会向我表达我的存在

2018.6.1

离别

我曾幻想
星星也在土里待过
只是它死后又去了天上
我知道死亡待在土里
一直渴望上天的位置
我过的每一天都有别于它们
我有一颗会闪烁而爱你的心

2018.6.2

在你的世界

血液没有伤感过
只会在血管里绽放、奔涌
血液属于我
我却无法得到血液的温度
我没有死过
不知道死亡会带来什么
在你的世界，只要我想到血液可以流向你
我就再也没有悲伤
连唯一通向死亡的道路我都会奔赴

2018.6.3

情诗

每次安静的背后
都死掉了一个发疯的人
每一场理论，都被现实所占领

我如此卑微地
像画不能走出精致的框架
我弯腰，小心翼翼，而不得
我直起来，也不能脱离压住自己的厄运

我安静地活着
做一棵植物
像散发芬芳一样，去爱你

2018.9.7

火柴

心脏犯病的时候
整个身体都会扯下星星
整个眼里都是熄灭的白天
痛的感觉，我相信它在一个地方打转
它又不是我所认得的地方
我只知道，痛，不因什么而起
只出现在每一个说晚安的时刻
只相信你的每根手指
我都曾与它擦出过火花

2018.9.7

经常

经常失眠
经常，雨载着我在夜晚像穿梭而过的船
一束光就会将你我投进床的海里
我经常想把雨剪开，如果可以
雨是雨，夜晚就是夜晚
我一定要分辨出
一个不爱你的我
如何减少那个爱你的我的不安
我在滴答声中继续着白天的航行
奔向一个死寂的世界
我听见那永恒在说话
听见寂静在浪里翻涌
瞬间的忧伤也是经常

2019.1.6

我们这些可爱的人

离开四十，就会恐惧五十
就像一块失去甜味的糖果
不再充满信心
那些死去的并不会就此安慰我们
依然没有可传授的经验

很多词语装扮了我们
我们是富有的
好的词语
坏的词语，还有可爱的
可爱的就是谎言，它会紧紧裹住我们

一个陌生人可以
把我们包裹在新的糖纸里
融化着其他的味道
一点点移动
我们在舌头的新地图上
一只鸟儿将我们带向空中：
我们从未去过那儿，是的

2019.1.10

天使

天空很静
我刚刚亲吻过它
红色的天际线也拥抱了我
我忘记了我正在云海上飞
我要回我的家乡

在每一天我从未见过我的理想
在每一天，我失望过又理解了这种失望
这短短的时刻但愿我没有度过
没有告别仪式
也没有重逢的疯癫
但愿我手指的轻轻碰触
从未惊扰它正建筑的梦

2019.1.10

星空

我对自己厌倦了
我的厌倦不知道是不是
也明白我厌倦它
你献给我一束花
玫瑰
亲爱的
你就爱我了吗
你说爱我,我就真的获得爱了吗
我们忙于自己的工作、生活
仿佛两堆火焰永不相交
我对爱也厌倦了,是什么磨损了它的质地
发出拖拽皮箱的噗噗声
我们的身体难道也沙哑了
可是
每当我们互相凝望
就像群星璀璨
四周便升起了广阔的夜空

2019.1.10

意义

亲爱的sissi
我每一天都惆怅
没活过的每天我都在敬仰这份惆怅
当我只剩下风景可描述
我就会从风景中消失
跟随着露水
活在每一片枯叶的自由中

倘若我不在这个世上
我就不会强烈地思念你
我不在土里
我就不会沉默如根，又渴望着晨光
关上窗户吧
让它们沿着黑暗去冥想那美丽的事物
但我不知道
我不知道意义根本不是意义
我只爱你
我只要你知道
你是我亲爱的sissi

2019.1.13

蒲公英

我又想起那把长椅
平躺在阴影与太阳之间
那是我活在世上的位置
我仰望的位置
那是我想你的位置
那个下午
树叶的呼吸充满了我的世界
吸走了我躯体的温暖
公园像折起来的纸飞机
等了整个下午
才能享受风的照看
我，在哪儿
再问一遍：你，你在哪儿
我终于要变成准备失踪的蒲公英了

2019.1.13

人

我担心说话
担心在别人的心里失踪
别人也会从我心里失踪
语言是充满魅惑力的陷阱
但不得不使用它
互相交流也是一种互相伤害的开始
谁知道会暴露人性中的什么呢
黑暗的潮流要将我推向何处
有一个人说爱我
有一个是我爱却不爱我的人说爱我

2019.1.15

酒

一杯酒赐予一个将要消失的人
我要赶着去田野
去一个没有边界的国家
树与树之间的交谈发出风的呼呼声
我要像一根芦苇撞上广阔的空气一样摇摆

我不认得一切
而一切皆是我的意
这是我留在世间的爱
它抚摸我
像酒穿过喉咙缝合了胃
它安静得埋葬了我
当我感受到篱笆在月光中强烈地召唤
我顺着它攀缘
嗅到一颗善良的心

2019.1.21

对话

honey,
羞耻是什么
它的背光面是爱，还是恨
honey，我的沉默
咀嚼着我
直到类似口香糖的糖分完全消失
如果失去语言
我就不再写了
压缩着
这没有味道的世界
这一个被我玩坏的人
我熟练地拆着她的部件
有一天我问：honey
你是什么

2019.4.1

香槟玫瑰

等了那么久
香槟玫瑰开了
唯有它的吻
在开始中就已经结束
唯有一瞬间的温柔证明了两个世界的存在
一个是当我爱上
另一个是当我离开
我爱上的世界最终会抛弃我
我离开的世界最终不知道我爱它

我细细地画着嘴唇
因为最后的遗像里有它
有人曾亲吻过
就像玫瑰的花瓣抖动着
有人赞美过
最终，嘴唇会像鼻子一样嗅着
半张着，两片花瓣
像河水与河堤的暧昧
像流星划过长夜的空旷
像寂静深深爱上寂静

2019.1.22

第三辑

（2020—2023）

鸟鸣

那些鸟儿
在空中记录了声音
我也记录了一些在一片纸上
这是我留下的天
简单得有口罩那么大
可以萌生一切你能想得到的
可怕念头

2020.2.22

摧毁

这天我又开始写了
我的颓废始终是我最勤奋的笔
无法想象，握着它
我一边写着网络小说
一边写着诗
它们就是一场粗俗的旅行与一个精致的表象
共存着
我太惊讶了
难道不应该是
其中一个去摧毁另一个吗

2020.2.22

过往

我删掉它们时烦躁之血在流淌
但我已不需要我曾希冀的事物
一切远去，如同下了一场大雨
彼此不相识的雨滴消失不见
甚至来不及痛哭
血改变了色彩、表达方式
使这个身体犹如下午的阳光，光影在里头交错
仿佛遗忘了，它们曾经在这令我愉悦
它们曾经消失令我抓狂

2020.6.2

下血

任何一滴血都可以成为一个地方
从我的伤口
我思念着它们消失的昨天
在简短的词语上面睁开眼眸

我偶尔
偶尔像模像样地知道
人会生病
人迟早会生病
就像快冻死的玫瑰花
弯腰弹了弹身上的雪

下血了
我也只是其中飘散着腥味的一滴
这黏糊糊的存在感
这随时消失的神情
向世界留下不甘心的痕迹
多么冰冷啊
但它仍追逐于那个向往之地

2020.6.3

真相

我依然离不开
偶尔表露一下对它的依赖

而在深夜，我一边失眠
一边揣摩着
熟悉的人
越来越强烈的感受
像瘟疫
寻找着真相
有个声音在说：完美是无可挑剔的词

2020.6.3

过了多年

经过多年
我发现
写——这种刻入骨髓的动作
塞不住流动的思想
我看着从我身体里流失的东西
我的进步认出了我的退步
我的认知对我的无知做出了退让
我认出自己，变成了孤独的样子
写，是唯一的泪水
从我的相框中
涌出

2020.10.2

亲爱的

我回到了任阳这条大街
陌生感逐渐被细雨取代
不再下笔
我依然摸索着那条路熟悉的纹理
感受四周的黑影拉扯着黑影
我在晃动
我怕消失
我在挣扎
我怕寒冷
亲爱的——这个词
已失去了它的热烈
意义的表面不再具有意义
而内心
即使没有一个惊人的比喻
当我回来，依然能在平静中热泪盈眶

2021.2.5

长宽高

一生的智慧有多少
到达死亡的路就有多宽
而在意的东西越少
到达死亡的路拉得就有多长

这个结果最终会发生
我恐惧了
就会变低、变窄
唯有内心的高度
倒是可以与死亡一决高低

我最终，是要明白
又要忘怀的

2021.2.5

信
——给天武

我一直思考
在不断地阅读中
我们获得了什么
文字里甜蜜的睡梦还是
用糖衣字眼武装了牙齿，令舌头咄咄逼人
我不知道该说什么
因为在我这贫瘠的土地上种万物
万物以心交换，或生，或死
我们度过了一天又一天
你在阜阳
我在常熟
武装起
在我们发现这不过是最普通的一天时
我们像模像样地夸赞它
用尽了全部努力
凡·高的风景与信一样多彩
风景种上了他的寂寞、色彩、言论
这风景就是旗帜
张扬着他死后的另一生
让我不得不仰望欣赏而心生怜悯
这些自由
这些向往
这些风
没有破洞它怎么穿过去而疾驰

因为有了每一天的抱怨
才能证明活着有益
你在阜新受着煎熬
拉着你的风
它要穿过你稀疏的牙缝
才能把你的痛带过高高的树梢
天空广阔
望着它，遗忘死是一种浩瀚的能力
难道你觉得你已经被打败了？
给你的信我一直写不长
忙碌让我的语言失去了缝合力
无法拉近你我的距离
在你奋力阅读与写的时候
我只想拥有一个好的睡眠
无梦
无才
甚至不知道色彩该怎么摆弄
四周空空，什么都不在手指边
我问：手指会孤独吗？
它反问：最珍贵的总在最近处吗

2021.5.13

雪山
——给H

所有的沉默不语
都是一场激烈呐喊的余音
余音在喉咙间下着
装满你的心也在下
我的期盼在下
但一座山隔了一座山降临
山上的雪下着
寒冷也下着
朝你奔腾的河流下着
淹没我的目光所及
有多少匹野马在下
就有多少灰烬赴死的努力
星星闪动
活成了永远爱你而离开的样子

2021.8.8

山前坊

一路，深情到底
光卷动着我们的步伐冲向前方
在山前坊，滚进墙壁与门框形成的夹角间
在透出身影的玻璃上晃荡着
在一条条蜿蜒曲折的缝隙处张扬着
光回头看我们
我们便见到了他人，光看向他们
我们便见到了自己

如此偷偷地注视，就如被光摘走了心
我们不理解他人的生活琐事、生老病死
甚至，不理解自己的
病痛会潜伏
光假装不知道，它陪伴我们，四处温柔
亲吻之处，眼眸明亮
使我们见到了我们被安排的一切

然而这些被败露的，这些彼此起伏的情绪
我的手不能伸向它们
我的爱不会安抚它们
经常听到，只要光出现，它们就哭得如同阴影
亲爱的，一种思念熄灭会有另一种重燃
我的深情里布满了幽暗的山谷

这一刻匆匆又快马加鞭

这一刻请不要匆匆
这路上的一层层光芒，这一个个人
活得像一根葱，没有实心时，我们是生命
有心时，美得捆成画被光装裱起来

2021.7.5

台风

天又亮了
窗外的一切都被惊醒了吧
夏天的根遗失在睡眠里
在土壤外面梦游、拍打、翻滚
鸟儿们的翅膀，不知被钉在了哪棵巨树上
这是七月，还没到八月，咒语是厚重的乌云
提前侵入了河南、浙江、上海、江苏……
到处充斥着混有腥味、惨叫、呐喊的潮湿气息

天也挣扎过吧，像人一样
倾泻的洪水也反抗过，像死亡一样
它们成了闪电，一道道劈开了广场
一口口吞噬了目光所及
我写下：汹涌
你带来海上（以及北极高温）的消息
足以毁灭万物的心
我写下：心
它成了巨大的信封，装下对你的恐惧、震撼

敬畏的反面是信念
如同一个人需要活着
一群人需要站立
一个诗人需要一支笔
去拥抱一个破灭的希望

天又亮了
被拔起的树根、落叶、残骸，被冲垮的岸堤
一条熄灭的列车被拖出隧道
捂住了所有的声音
我看到他坐在那儿
路边，一个打着伞的老头儿
一个卖鸡蛋的老头儿
雨水淌进他眼眸深处的寂静之处
那里贫瘠而充满了渴望
他看到的世界有所不同
一个弱小的生灵与飓风的一天是同时开始的

2021.7.27

茶

立秋了，我用透明的光亮给你写信
用清香给你亲吻
用桌子上的阴影，不断滋长的心
朝向你
我的笔挥动
你的唇，将成为每一片柔软颤动的落叶
美得仿佛没有沾上一点儿人间疾苦
你吐露出：世界
这一杯清水便朝我涌来
一瞬间我的信笺、我的胸口
我的满腔期盼
沉浸水中
噢，整个天空——泡沫飞旋
犹如飞满了被剪掉翅膀的尘

一万次的表白不够
那就一生一次

2021.8.9

秋

跑步时我惊起了一对黑色鸟儿
爱在它们的天空中画下边界
我知道我不会，再一次从边界里寻到它们

远处的红色车辆被长路弹奏着
同时出现的早晨，这车辆、这红色反光
我在遇见握着铲子的母亲时就忘记了它们

父亲从屋子里跑出来递过一桶水
这让泥土多么欢快，跳出一圈又一圈
水一股脑儿就扎了根
父亲就是这根，母亲就是那水

我没有自己的边
孤独让我睡得越来越早
我忘记了我还活着
噢，这——这，我惊讶于我的心
这变色的大地，是我的
这是我们的离别处，有一刻它燃烧
在秋天挤出的鸟鸣中久久不能平息
呼喊着那些能让脚印站起来的人

2021.8.10

假妆？ 假装？

意义已将我的肢体偷走
将我拖入画中
从此我不能观摩自己
无法指认
我的一生就是画布的一堆颜料
待久了
我都忘了自己是谁
我询问未来
意义是什么
阴影攒动着
有钱、内心有爱

2021.8.26

山间

很想去山间
在梦里留一条出路
告诉等在那儿的自己
我会以石头、阴影、树叶的方式去拜访
去汇合
我脱下城市的衣衫过去
放下梦想与呻吟过去
以得到又失去的方式
以一滴水的纯净
我听懂了啊，它们的呐喊
一层盖过一层
林间的被搅动
哪些是我的又不是我的
那些不是我的又是我的

2021.9.5

往事

没有人能逃离这怪圈
它有模有样
以胜利者的姿态
把我们，塞入镜中

2021.10.30

沦陷

她用左手举着面对我
右手是她怒气的湿地
只要开口，湿疹就会爬上她的脸庞
渗入皮肤
从九点到十点，指针滴着水声
我的耳道由此通向大地
在两面不同的镜子中出现了战争
微信里荆棘生长着
犹如我们并不愉快的交谈
如果你是我
如果我是他人
如果我们只是情绪沦陷
比年轮更可怕的是
这个城市深深地
睡着了。
她发出请求：请帮忙治愈我
好的！不好！好的！

2021.9.11

幸运

我们都是幸运儿
像那个站在山坡期盼的女孩
她是它心爱之物，从裙子掀起的那一刻
我们被人记起

2021.10.31

湖畔

我坚信它的一股暗流盘绕在树根之中
信念如同波光刻在了树叶上，生长着
像母亲被刻在了岸堤，她终日勤劳
以铁锹、泥土、种子
以花布衣、太阳帽、手掌的茧子

她总要摔倒
或被自己的利器割破
尘土颗粒带着暗流的气息盘旋在伤口处
红色演变成黑色，再变成褐色
恢复时她已记不得整个过程

甚至忘记，痛楚被生活所用的
那明亮的刀口
她坚信我是她的一片叶子，可以在高处
我认为她是我的根
黑色湖水涌动在低处
这份爱与关系，在她的劳作中
分开又相融，信任又背叛

直到出嫁的小女儿回来
给母亲递上几张钱，传递尤其艰辛
母亲推过去，因为她不需要小女儿辛苦的关爱
我说，母亲由我照顾
是的，母亲由我照顾，母亲重复着我的话

一时间，我就是母亲
我们同时听到了小女儿哽咽的声音
我们同时完成了劳作

小女儿的双手化成颤动的树干
掉下来的波光撒向整个宽阔的湖面

我一直在想，我们的湖畔怎么写
我们曾一家四口住在温馨的湖畔

2021.9.25

渡口
——敬死者

最近发生了很多悲伤的事
活着的口袋被扎紧了
菜涨价了
但你很幸运
你的口袋放弃了对你的这种剥夺
它跑向漫无边际
它说秋天，给你制造了土、落叶
你摸着光溜溜的头顶
感叹着头发又可以长回去了
又可以喝酒，敲击手机
你的智慧得到了标签
人们看着你制造的影片
拖拽着身后亘长的记忆
在渡口敬礼
那些口袋全都敞开着
一股暖流
又一次重温离别，来一趟
去一次
重叠得多么天衣无缝

2021.10.30

余生

生说它很结实
地位撼动不了
死也说，它才是永恒

我在字里行间延伸着广阔
听，它们又吵了

2021.11.14

余味三题

1
最后全都遗忘了
只剩下身影在我坟前默默下着
脚步很小心
怕惊扰了我去世前的目光

更多的时候这里空无一人
我依然翘首期盼

2
我不介意修改
它早已深入
它所搅乱的一切秩序
尤其是那深深爱过已让我死去的背影

3
除了生活

勉为其难所刮痛过的每一个细胞
我活着不为其他
如何去欣赏枯燥并在黑白交替中扎根

2021.11.14

设想三题

1

在精致的边缘
风塑造出明月
在你的边缘
我为光芒此起彼伏

2

准备买个书架
贴上每年、每月、每天
在我们之间，风雪种上直线
从你的字里持续抠出的情绪
我不断重复
我在这儿，我在这儿

3

她吵闹着要留一点木柴
用灰尘塞满的黑色无纺布盖着
她需要她惯用的铁锹
铲出比日历还要厚的声响
她寻找她破旧的小木凳
她撬过大石块的铁棒
只要她觉得珍视，是这个家所能使用的
父亲就能优秀地将它们遗失
你妈妈流血了——那个搬东西的雇员喊着
妈妈披头散发地嘶喊

妈妈，你手上流血了
顺着你的怒气
滴落在夯实的大地上
我捂不住这血
正如掰不正父亲的丢三落四
妈妈，你要在大地上流淌
你原本就是那别人的不理解而令我珍视
妈妈，我遗传父亲的一切
但不能把你弄丢了

2021.11.16

今天三题

1

你是黑白世界
我是背道而驰
我们合在一起是影子
多希望，我能私自拥有一个我们
这样完整地
删除了那个只会从影子里偷走光的人
我问你，明天有什么
你回答我：什么装着明天
除了坚持
禁锢
你说，若有所思
可以有别于他人

2

写个十首坏诗
立于天地间
它悬于我的脑袋上
按照你的理论
我要等第十一首的好诗
一直等，满满八年
第九年后面还有很多希望
但前面的失望挨个死去
它们被焚烧
希望最终也要死去

我跪着
被赐予明亮，只为了最后那首好诗

3
今天没有忧伤
历史与我无关
佩索阿、奥登、米沃什
我不介意你们是谁
我住在一个空的华丽城堡
嵌在墙壁中
唯有美好
妆点着手背与掌心间的亲密

2021.11.22

看见

能被看见的东西应该住进心里
小心着，用誓言、热血喂养
用公正、真理给它沐浴
它的生不会被吹灭
它敞开着胸膛接纳所有的苦
我写上我爱你，或者我很心动
它抖动着
如同清晨撕开了窗户
来，
让我在死前仔细端详我的容貌
让我瞧瞧笑得癫狂而被捆绑的样子

2022.4.27

灵魂

当一切变成废墟时我解释了我的存在
来走一趟
每个地区都是为我点亮了灯
脚印为我传递着讯号
我是谁
我压低
我是电线里的传导者
苦恼于所说出的那么轻浮
吱吱冒出烟
在日历中排起长队的生命现在变成了灰
任何可以触摸到的反抗
在暴露中保留了炫彩的灵魂

2022.4.27

麻雀

它们一声不吭
像土接纳了潮汐
把它们变成潮汐
土会抬一抬翅膀
什么是信仰——
树枝沉默
想起亲吻过的喙

2022.4.30

城堡

苏菲说：没事的老婆婆
你精神挺好的
连衣服都挺合适
安慰是无尽的勇气
来吧，离开父亲的帽子店
来吧，去找哈尔的心
"不是谁都可以办到。"
比如摆脱过往
看清死亡
不是谁都可以面对
不是谁都能战胜或理解战争
我们抵抗
到不得已
不得已拒绝
废墟是个好家伙
心是个收藏家
心是会跑的城堡
哈尔的心是城堡里不灭的火焰
火焰里装着魔鬼与苏菲
当我们老了，害怕的东西进不了身体
不再可怕了
烦恼也将萎缩
吹口气
世界里的魔鬼也敢探出脑袋
苏菲，我爱你

哈尔说
当我们有了要保护的人
行走的城堡就会坍塌
七零八落
我们爱这些残破
再也没有什么可以拒绝卡尔西法
卡尔西法
火焰
我们
我们的一生
在繁复中猜疑
在炙热中清醒的
哈尔与苏菲的爱情
升腾吧

2022.4.28

马戏团

有一些力量
更有趣
把我的善良变成刀子
你以爱的名义使用
以亲近的方式完成礼仪
谎言一亮
我倒在马戏团的舞台中央
塌陷的地板变成红色大地
从缝里蹦出来的小丑、马、狮子
从花朵蜂拥而来的笑
伪装着金色大牙
啊血池
它说
我死了
依然有着出逃计划

2022.4.28

火焰

美
如是说
没有什么可以超越
把人变得熟睡而甜美
争吵变得安静
流血成为奔腾之马
朝向天空
没有什么不被允许
这里通向任何一个想去的地方
因为在中心
信使纷飞
爱自己的炙热
毁灭而开始重生

2022.4.30

面包店

他呼吸过面粉
面粉呼吸过乔哈里的手
清晨的香气从一个女人的手臂上滑下
它尝过了咖啡、白糖
爬上了糖心面包
乔哈里，在芝士面前紧张、从容与自持
在臂膀抬起时熠熠生辉
乔哈里的橱窗
每一颗细小的面粉吟唱着
在深情的注视中
为她的起身而澎湃不已

2022.4.30

凌晨时分

想到她失去的
一整夜的
恐惧
从她白色的脸庞、嘴唇上蜕下
半闭的眼眸在呼吸中不再移开
凌晨时分
她停止表演
慢慢，她感受到自己的影子
伴随着海浪的涌动从皮肤里渗出

2022.4.30

法兰西教堂

这
是一只装着脚步声与吟诵声的盒子吧
整日捕捉着花窗、波纹、洁净的气息
我追随到某处
影子也在目光中找到了欢愉
跑向拐角的某处
惊起一片群鸽冲出白墙
给女巫送去一个鸣音
给以往的焦灼送去一份感谢：
身体里要长久地住进一个爱人
虔诚
不曾沾染过呼吸的
法兰西教堂

2022.4.30

呼吸之所在

炙热之所在
伸手触摸到的
在得到又失去之间
藤蔓建立起城堡
木头之上呼之欲出之渴望
我允许你
出现
在内脏与内脏之间
你转一圈游向我的胸口、鼻翼
发芽了吧
天堂

2022.5.1

二十四节气

立春

一千年前的树叶跟现在应该是一个样子
所有的树叶都是树叶的样子
而不是人的样子
树叶死了，会有新鲜的树叶向着太阳攀爬
人死，会觉得自己就是死去的树叶
当人知道自己是人，那日子就回归平淡
当树叶知道自己是树叶
那冬天过后的树枝上就会密密麻麻
窃窃私语

2022.1.30

立春

我所信仰的
我说出的
每一个字都是碑
它倾慕着公园长椅上漫长的空荡
压着那使劲想来到世上的芽

2022.1.30

立春

放眼望
一切都是痴心妄想

2022.1.30

立春
我想做一个狠人
与一切事物切断关系
只做枯木
比空荡还要空
你问为什么——
我——扯开这个嗓子
为了配合那高声歌唱的季节

2022.1.31

立春
被切开的风会发出呼呼
被抛弃的人会变成石头
坚硬的内心不是沉默了
而是拥有了更多的回音
像自己的
不像自己的
那些道德之内外的
那些晃动的触手

2022.1.31

立春
"先把自己过好吧"
"您说的真是轻巧呢！"
我起身恭敬地，鞠了一个能弯到地上的躬

2022.1.31

雨水
亲爱的

大地的情书是写给你的
用人类对文明的幻觉
用黑色的言语和沉默背影
用半遮蔽的朋友圈
不要说这些不够
雨水羞耻地在字里行间扭动
不要说这些——
背叛时刻发生
在情人节你的上唇将爱上下唇
我们是一滴紧闭的雨

2022.2.16

雨水

我不能伤心
因为伤心会成长蔓延
我的一只眼睛为此衰退
模糊地将世界看成一个季节
只要转换的时间到了，我就要告别
落下夕阳与树叶，我对你的爱
落下我的所知
道德是伤心的事物
是枯枝上埋葬的嫩芽
它会欺骗我们成长，它会蔓延

2022.2.16

惊蛰

如果雷声能叫人觉醒
就该猛烈些，把大地与战争劈开
让物种的芽沿着雨水攀岩而上
而腾起的黑色烟雾便会消失

如果迎来的安静是一只猫
它的眼眸里没有边界、歧视、欺霸
唯有清澈优美的弧度
抖一抖身体，踩上柔软的绿草
我们的喉咙也被信仰浸润着
人性，人性，被梳理出光辉

这是希望吗
我们被收留
我们在允许与不被允许之间生根
与季节是短暂的相爱而不相融
这是游戏规则
在每一根蓬松地毛发里，寻找着欢愉
丑陋即美
没有惊异即神奇、平淡即享受

2022.3.1

惊蛰
这动人的音乐
这该死而动人的音乐
这笑容——这拥抱——穿过了那片死伤的血水
这，这！

2022.3.1

春分
让仇恨积累吧
因为只有毁灭
能让一切返回纯净的源头
我不属于仇恨

但有时候我是
我希望是，我可能是
紧紧捂着它因为我渴望纯净
那是我在罪恶尽头的弯道
发现的一个我不认识的人
她说，她是我
爱我

2022.3.2

清明
我为沉默所生
为被黑暗抚摸
为睁开明亮的双眼

2022.3.28

谷雨
我告诉你谁在献词
是欣喜
被希望守护着
是努力的样子
是生命挣扎的样子
我即将老去，面对每一天
保持我已悲伤过
但这很受用
再也没什么利器能刺进我的伤口
一滴雨融进入另一滴雨时读到了什么
那便是我的一生

2022.4.14

谷雨

当一切死去
你便永远活着了

2022.4.14

谷雨

我们面面相觑
再也没有什么能阻止我们分离
你做出最后礼貌的动作
就像纯洁附身

2022.4.14

谷雨

又是一个时节
我要写它
就如我要遗弃它
非要用尽厌恶的词
而美好的，全是伤心

2022.4.14

立夏

这
是一只装着脚步声与吟诵声的盒子吧
整日捕捉着花窗、波纹、洁净的气息
我追随到某处
影子也在目光中找到了欢愉
跑向拐角的某处
惊起一片群鸽冲出白墙
给女巫送去一个鸣音

给以往的焦灼送去一份感谢：
身体里要长久地住进一个爱人
虔诚
不曾沾染过呼吸的
夏夜

2022.4.30

小满
我要采一个梦
因为我们是梦的种子
睡眠会将我们压进书里
我们是标本
承受大地的力量
我们是露珠
内心膨胀，而被光包裹着
我认识到标点
如同石头坚硬而沉默的胸膛
它爱每一只蚂蚁
在里面，我们是长久的
水进入天空变成叶子
果实饱满

2022.5.19

芒种
我站在地里
等待着天空将我拔出
我想，我是一颗牙
拔走时我会触摸到撕裂
疼痛，以及深渊中的挣扎
如果我是麦粒

299

这个过程就很享受
破壳时我呐喊
如同希望游荡在虚空里
我触摸到它的样子
它是凡·高信件上盖的邮戳
是所有的赏识与偏爱
我陪伴在翻地的母亲身旁
她是饱满的光芒
她正变得巨大
整片天，都在头顶震动

2022.6.1

夏至

在大片阳光降临的日子
在土地上压着的沉沉希望
像密密麻麻的火焰
让渴望成为一只飞蛾的我仰着头
不管是生存还是死亡
向着美好的谎言滑过去
这一切，在得到与逝去之间
为爱而生的灵魂
为感激自己从黑暗中潜行而来

2022.6.15

小暑

在无数的热中间走着
想到寒冷也曾如此
蹭过我的身体、爱过我
含着我
因为冷，我分清了人与人必要的距离

温度比知识
更能影响一生
热的教导
如同蛙鸣
需要引动一颗萤火虫的心
在夏夜的大地上空
我们时明时暗

2022.7.5

大暑
在你打开的炙热下
我释放出思念的远方与过往
我的身体是暗夜
蟋蟀的声音将我拉直
我的人生现在不是我的，在直线之外
思念也不是
我安静得泛着光
如同一张白纸
爱从这里开始，一切空荡荡地
结束
也在这，鼓鼓地
发出风声

2022.7.21

立秋
当你的睫毛下垂
像一幅画让你在静止中绽放、凋谢
我成了一片阴影粘着你
里面有你的世界，有我的不舍
有我的愿望暗藏着潮水来去之势

我相信任何一种消失都是迫不得已
没有光，也没有影
我再也看不见你，我只有一颗植物的心
经过夏日午睡的人
像灰色，在缓慢地世上低鸣

2022.8.20

处暑

模糊不清证明了我的衰老
持续高温与干旱证明了地球离弃的决心
我的双眸中曾伫立过冰山
融化时它会吐出温柔
坚韧时，它就关闭了整个世界
我认识到清晰是个越来越远的词
如同拉不近地球崩裂的内心
我伸出双手
但它不懂拯救
它只懂无力、颤抖、炎热、流汗
如同处暑最后勇敢的呼吸

2022.8.20

白露

"我们无法到达真正的远方"
"因为囚禁我们的正是自己"
"马有铁，用一个鸡蛋压下了他藏进喉咙的期盼"
"我们是另一个世界的物体，被一根丝牵着；到时候了，就被
　拉过去"
"没有理由"
"写于白露，因此叫白露"

雨憋了一整日
到傍晚终于砸在了院子里的木头小板凳上
拉扯着每一刀曾落下的坎痕
如同父亲的时间
拉扯着父亲成了他所有的习惯
一千条缝隙里形成的喧叫可以捅破天际
但父亲听不到
父亲沉浸在老中
终日三餐，活着不属于一种仪式
他不能把沉浸扔掉
甚至他妥协
忘记了今天喝朋友孙子喜酒的日子
忘记了随礼
他的面子就像四十几年前
他考徒弟做的小板凳一样
用过心
有点歪歪扭扭
但还算合格地站了起来

2022.9.4

秋分
我们已经分别了那么久
能摘掉的不仅仅是奢望
还有热度
因为身体里早已落满了枯叶
善良发出窸窣声指引着我
让我像黑字一样躺在古书中想念你

墨水香味是哪一年从皮肤中蒸发的？
我不记得了

曾经我是墨水
也是爱你的微弱的光

秋分啊，这无边的纸张
居然洁净到让我忘记了你所有的恶
多么羡慕那翻来覆去失眠的夜晚
在夏夜的细小声响中
在墙壁的投影上
忘记我曾强烈而忘我地，不停不停
忘记你无处不在而酣睡的样子

2022.9.20

秋分

当我们懂得悲伤
痕迹明显
就会像猪一样愤怒地冲破栅栏
为了一口草料
我们甘愿成为被收割的树枝
不管是你的血
还是我的血
满载上秋分的愉悦
晃着残缺的脑袋，迎风起舞

2022.9.20

秋分

耳鸣
是一种折磨
叫我想死
可死了我如何想你
活着

我又如何不想你
耳鸣就是秋分
想你时滔滔不绝
落叶纷飞

2022.9.21

寒露
那个孩子走了
他大概认为
成全他的愿望
就是执行了唯一的对
谁知道什么是对
对知道对是什么
为他人准备的丧事
其实都是为自己进行的
当身体还在激情中
是热乎的
滴落着露水
是这世上除自然之外唯一的寒意

2022.10.6

霜降
塔丽莎
给你写的信都挤成了温度
下在树枝上、下在乌克兰的上空
下在公园的长椅与落叶的沙沙之间
你身后的脚步是望不到头的邮戳
普京为你送行
不管那战争暴露的甜果如何吸食着人心
周围越来越宁静

光亲吻着白霜
世界你好

2022.10.20

立冬

那些一去不复返的
那些迷恋、羡慕、贪痴
那些不可撕裂的艳丽
那个深情注视过的你、我
无法分辨善恶的季节变换
爱的事物啊
终究是躺到地下
在单行线中
完成了生命的交易
我垂下眼睫
丧失的听力拨动着黑暗带来的
一切简洁
一切单纯

2022.11.5

小雪

那些从空中建起的城堡
来了又消失在云里
不知困苦、不知邪魔，不云战争
不知视线还要被怎样坚强的意志紧拽住
活着都有些儿喧叫
如同仰望的面孔，期待雪
雪的轮廓就是我的轮廓
雪的洁白
就是我离世后的起点

当城堡变成歌唱的竖琴
拨动无欲也是欲

2022.11.19

大雪
曾经
大片白色
回荡着
试图拼命地将爱你的地方填满
试图攀上
你我抚摸过的布达拉宫墙壁
如同神圣的旨意在下坠
忽明忽暗中
我触摸到了巨大的寂静
我的天空
它死寂
它鲜活

2022.12.4

冬至
撑起这个童话
在芦苇的飞絮中我们编织
在白霜中我们低吟
我们是枯萎的野草或者其他
是被踩断的树枝
或者其他
是病毒——
当手指以自己的意识
碰触你去了远方的身影
但愿那消失的一切都不是真的

但愿你毁灭的不仅仅是一个冬至
你还要完成我们的躯体
使躯体成为自由的活物
使童话成为现实的模具
使挣扎，如同雪在飞舞

2022.12.20

小寒
你把头耷拉在一侧
墙无比幸福地摘走你的梦
竹木椅子接受了你的承重，但它保持缄默
此刻，大自然正在呼吸
一点点落在你的白发、倦容
你外套的暗红色中
犹如田野的飞鸟就是你睡眠的颜色
一掠而过
也许你去了我再也追寻不到的远方
因此我相信
你睫毛上的白雪已经生成
你倾听的晶莹正在降落

2023.1.3

大寒
告别树林的欢声笑语
你成为雪
飘落
成了寒冷，触及世界边缘
成为结束
你在枝丫上生出迷失的鸟群
在病毒里，把人分为走的与来的

在呼吸机里拨动着喘息
你，以什么样的希望存在
用你——用冲垮城堡的力量……
当我给你发送：下雪了
我近乎激愤
延伸出那永无止境的沉默

2023.1.15

余生五题

1
那些活的愿望
被雕刻在花纹
在马达尔的杯子里透过他的疲惫眼眸
想象过无数夜晚
握着这束漂亮的光
他提着另一个刚穿过胡同的转角

2
我检查过自己的手指
年龄寄生着
粗糙在蠕动
如果没有目光的滋润
任何我喜欢的词都可以为它
化成纪念的香灰

3
余生拒绝得越来越多

接纳在自然发生
每个人都拥有复杂的心
那遮掩在皮肤下的
良知
与矛盾在奔走
神经
是一片神迹
它说，我存在
我消失

4
我们很美
我，很美
每一天是固定的美
世界很美
流逝很美
我在原点，已毁坏过所有的路

5
我发现无能
我看清无能
它成了智商提高的一个台阶
生活是一片纸，而我是一片
想跃上纸的愿望
我努力完成
舞台的表演
但无能可以一瞬间点燃
火烧毁的一切
我曾艰难流泪的一切

2022.4.22

手指的能力

手指有认识的能力
分别味道的能力
它看见灵魂所看见的
我看不见它也能看见
它的情绪是火焰，是指示
寂静让它
与一只死麻雀没什么分别
一种细小的渴望要穿越它们的对视
汤是苦的
城堡是甜的

2022.5.1

相思

你深爱的那个终究是要被埋葬的
就像你站着，埋葬自己的影子
睁眼你埋葬了视线
看书，埋葬了动情的字
舍不得时
你就是最悲苦的人
而埋葬一切，你就是那一切

2022.7.29

名字三题

1
名字说
它是一个孤儿
它在沙漠不曾被一株植物爱过
疾病
可以肆虐侮辱每个细胞
曾经的光彩擦拭着黑夜
我看到那只手，闭上眼眸
半垂着
被天空抽去记忆
当名字不能动，我就是那个孤儿
我听到名字突然说
这么空旷

2
名字说的
是个谜
是画里的玫瑰
玻璃里的小人
你以为它不动
其实它时刻跟着你转
它是你的，也是别人的
用观察你的眼睛亲近你
深情啊
在一段关系里，名字欺骗了名字

利益勾结利益
爱得深的那个叫阿尔茨海默

3
很惭愧，我模仿过他人的生活
模仿过没有天空的雨
在阴暗里
模仿笔
在摸索中前行
模仿过双眼
我摩擦着每一年、每一日
直到身体变薄
成为一个穿着自己的生物
我模仿着镜子
同她一样呼吸
想起很久前
雨没有天空，来了
巨大的线
提着那个失恋的纸片人

2022.5.19

桃源涧

在丧失了讲故事的能力之后
草画上路，树枝画上了天空
倒影画上流水
景物画上道不尽的晴朗
不管从何种角度看
欲望都将被摧毁
白墙正成为白
屋檐正成为巨大的直线
人成为孤独的巨人
高贵与规则在来回飘移
缓慢地踱着步子
听——听——
被掩盖住的桎梏发出的沉闷声
向四周散发着充满魔力的水气

2023.4.15

记忆

轻点，现在
你是脱离了
你已成为那别具一格的相框
你已是从景区里掉出来的一滴颜料
你是白色的寂静
你也是黑色的光
天是你的一部分
双脚就是你的大地
年纪大了
你只能主宰自己
往前
你的衣服正在变得宽大
星星正从你的肌肤中滑出

2023.4.15

三峰松翠
——山看人，人看山

与你同行，你看到之人
把他们分成好人与不想看到之人
隐约可见或不可闻之人
当成或一群蚂蚁或一群爬虫或一些出没无影的蛇
唯你知晓，他们依然是最初那一批
衣着不同，言语表达不同，时代不同
也不能更换掉他们贪嗔痴的灵魂
毕竟，这是些拥有特殊气味的事物
永远享受着历史，文明，传承的待遇
在海潮与风暴更迭的
一次次失败与创造的胜利中存活下来
与你相攀，他们所见之
把你分成圣地与墓碑，生中所盼与死之安宁
你的路如同根深入岩浆，往前攀岩朝上
他们的路是轮回上天而入地
一切都朝回归而前行，你所言尽在不言
之叶、之根、之气、之石、之晨与之光
你所言无不关乎于人之思绪、勇气、艰难
又非是人所能探索到的真谛
没有一个孤者能拥有破坏命定规则的力量
让他们绝望可能只需一件细微之事、一根稻草
轻而易举之事他们不懂
一两只鸟儿鸣叫将投在你视线中的他们
顷刻掀去，而他们不明

2023.6.14

弃智
——赠胡桑

先生，今夜下班
我的车轮一路上依偎着明月，一辆重型集装车拖着长躯飞速中
　突然逼近我，那上了年纪的司机探出车窗朝我被吓到的命作
　揖，他在卖命，我也在卖命
在买卖中，我可能死了，我可能理清了前方道路的另一种视
　线，我可能看到命的轮廓

先生，博学写有你名
大学校园用玻璃窗给你画出幻境
你和你的声音，在明亮里踱步，用你的哲学、语言，用你思维

人生除了踱步是简单而无痛楚的，其余皆是宰割的经营现场：
　或出售、或收获、或采购，从人躯体的进出可以是一切物
　品，可以是头脑、品格，理想，可以是愤怒、善良与热爱，
　可以是一些人或一些畜，一些或自然之物，可以，大海如
　是，密室如是

先生，多年不见
经历过病痛，我因此触摸到友谊消失边缘，经历过债务，雕琢
　出孤独之目，因欺骗而觉察到自我存在，你看，我哭完，教
　我懂得为人之实，却都并非是我原本喜爱之物

文字说，博学要用书本；智慧说，博学要懂弃智；道理，并非
　能用博学或道理成事，有事才有理，成事者，唯有用事的对

立面，才能治无理；草原小屋①可以将坏人变成好人，坏事成
就好事

先生，与你一别，再见已过半生；我的胸脯跟随七浦塘变宽；
迟钝变为岸堤；唯有你读过我的长篇，是奔腾的河水，游过
鱼虾不知踪影
问河水，你我可同站
询问可好，回答报以不好亦是好；询问思念，回答以思念，愤
怒回答以愤怒，询问往事，回答以忘怀亦回首，唯询问平
静，平静没有回应
它只是将密室之门打开，风自由，我也自由
我变成我，而为零

2023.6.16

注：①草原小屋，美国一部电视剧。

火鸟

当善良的人们开始独立行走
智慧降临如美丽的黄昏走进教堂
我站在攀枝花粗壮有力的手臂眺望
看见我的脚钻进深色的土壤
黑色的母亲拥抱我，一条蚯蚓带走我的悲伤

生命在蓝色湖泊力竭声嘶地呐喊
那阵阵波涛不比海啸的愤怒平静
渔夫已将沧桑驶进沉默的海湾
珍珠般的鱼儿，却仍欢跃在白色浪花
好望角啊！多么期望，我就此能停落在你的肩膀

可沙砾般的苦难不断折磨着我的胸膛
在那里撕咬，挖掘火一般的天堂
我的贫穷的人们开始向我祷告
他们跪着，虔诚的神色比红色的天空更加可怕
孩子们天地跑着，哦！燃烧！我神经里每一根即将麻木的纤维

我在夜晚飞进充满忧郁昏暗的森林
那些吸尽阳光的绿色湖畔将包容我所有的虚荣
像幽灵一般穿梭，远离渗透谎言的高大雄伟的建筑群
诚实的灰色的屋瓦即将出现我的眼前
蠕动的秽土顺着屋檐滴落在镏金闪光的器皿

淘金者已经把我居住的山群淘空

他们坚固的城堡却还在啼饥号寒
高而纤瘦的桅杆在呼啸的风中正义凛然
而掠过他们头顶，与我一样有翅膀的同伴
片刻成为一群狼奔豕突的乌鸦，在城堡黑色的上空踯躅！

我无力挽救那些堕落可怜的鸟兽
我飞离他们冲进天空柔和的线条
栖息在森林深处翘首的妇人的眼神中
红色高大的木棉树正向爱情吐露血红的花瓣
急促的马蹄声带回风尘仆仆的爱人，天空啊！我兴奋得暂时忘
　　却所有

在追赶渴望自由的神圣之地的途中
我泡沫般的希望就贴在火山口等待喷发
请求飘浮于断裂的云彩之上的真理将我吞噬
虽然我无法拥有大海一样宽广无比的胸怀
但那些从容不迫的脚步，已经爬上我火红的尾翎

飞翔中的我感到多么的自由和荣耀！
巨大的炼钢炉溅出炯炯有神的我的眼睛
滚烫耀眼的钢条从残破的身体缓缓抽出
战争在此无须漫天尘土的挣扎和嚎叫
和平如我平稳跳动的心脏翱翔天宇

穿过罗马朽败拱顶的上空，那美丽而古老的宫殿
传来阿鼻地狱里孱弱的灵魂发出的惶恐惊叫
而草原上牧人的白色晃动的锦袍正对我狂呼
他们的豪放和勇敢足以将任何野兽驯服
熊熊篝火黑夜中释放人类全部的热情
我的整个身体啊！像太阳一样绽放光芒！

当我飞离那些崇拜我的愚蠢的人类
任冰山峰顶的寒风袭击火红透亮的躯体
仿佛我便是溶解一切冰冻的燃烧不熄的火球
黑色的生灵在大海巨大的澎湃中翻搅
贪得无厌的欲望永远沉入静默的海底

我是一只神鸟啊！曾见过那美丽肥沃的土地
像黑色赤裸的善良的猿人，复活在最原始的天堂
我该是怎样一只放弃悲哀的神鸟啊！
凤凰一样不死的躯体看着苦难的人类溺水而束手无策
那些寄居在蚯蚓体内的呻吟正向我发出狞笑

哦！当攀枝花再次光秃秃地躺在我的脚下
我闭上眼睛等待的将会是什么？一团鲜红的阵痛！
金色瑰丽的光芒抚摸那颗羽毛般柔滑的心脏
我带走了妇女们洁白的胸脯，我又开始沉寂
血液在蓬松的身体下顺着蜿蜒清澈的泉水流淌

2023.10.13

秋异

1

大树被落日拉长了影子，小鸟儿清脆的归叫声穿过厚实的云朵

外婆，假如您愿意，我亲爱的外婆

我久伫风中的身体想为您点燃一个神圣的火把，将过年的快乐
　　提前给您送上

请求闪亮的星星永远陪在您的身旁

哦！假如您愿意，我亲爱的外婆

我想在清净的果园给您取来一颗可以充饥的果子，放心吧，兴
　　许就是果农遗忘的，不管它完不完整，它都是顶好的果子；
　　我想把它给您，那是我一生的粮食

我想唤来可爱的小松鼠，为它在您附近搭一个小小的窝。

假如您愿意，我亲爱的外婆，因为我即将离开您，我的外婆

2

紫色的苜蓿在秃鹫久旋不离的土地颓萎干枯

作为神的孩子，您神圣而庄重的神情又送走了一个刚刚瘁死的
　　灵魂

在人们默哀的肢体中，一些您眼前或身后的，一些蝴蝶没有忧
　　伤的翅膀，掉落地上，像婴儿般熟睡过去，它们柔软、真实

哦！作为您的孩子，我的视线正被暗灰的天穹所侵蚀

我走在您离去的脚印里，让寒风在我耳边吹奏

而您，在我身后轻轻地越过那些细碎的水纹，微笑着对我唱完
　　最后的挽歌

3

万物之神的太阳啊，当您和黄昏一起跌落

我还在残破的花园，收集一些干枯的花叶

虽然，它们有的还保持鲜艳，有的一碰就会飞散，多像灵魂获
    得了自由

但季节已经找不到疼爱他们的园丁了，我只能把它们包起来，
    小心地放在贴身的口袋里

我的穷人的孩子啊，当风筝飞过你的头顶

你小小的头颅还在期待着什么？

人们已经放下手中的农具，在关着门的房屋里点燃了灯火

而那些长着翅膀的星星，那爱幻想的孩子就在前方，一大片白
    色的世界，也许还有风暴

4

啊，诗人，白鸽已经飞落在您窗前

您是否已完成最后的底稿

一些落寞的灰尘堆满了窗台和床柜，我看见您的孩子，在傍晚
    吃掉了早晨的干面包

您心爱的夫人走进了画里，将她美丽的微笑永远挂在了您灰色
    的墙壁。

啊，诗人，白鸽把头朝向北方，踮起它的脚，张开翅膀。

您是否已完成了最后的底稿，在泰戈尔《不被注意的花饰》前
    呢？

5

"哦！妈妈，我的鞋子放在了海子那里。"

"妈妈，我怀里还揣着您隔年摘下的红豆，您的爱情。"

"哦！妈妈，我还是您最疼爱的孩子吗？为何您的手会在眼前
    逐渐消失"

"而我，还想枕在您温暖的胸脯思考，在您的心跳里抽出我的

绿叶。"

"哦！妈妈，我还想逗留在春天的黄色粉嫩的菜花里游戏，找
　　寻夏天的柳树弯曲的枝条上的蝉音，会叫的青蛙，会唱歌的
　　谷子。"

"可是，妈妈，蜂蝶正在归巢，他们穿越了低矮的茅屋，带走
　　了我的声音，我已经抓不住他们的尾巴。"

"妈妈，请给我一件毛衣吧，我整个身体都掉进您快要停止呼
　　吸的血液里了。"

6

我独自站在有声的水边，滚动的红云带走了人们忙碌的影子

棕榈树下亭亭玉立的少女，梦幻着一匹白马和马背上的人

河床上，冰水和鱼，青石上的我，一起怀念美丽的果实，曾何
　　时还像水草一般漂浮

风，已从疲惫的桎梏中解脱出来，我清醒在这块干裂的土地

飞扬的尘土袭来，落在村姑洗衣回家的路上，或那些孩童赶着
　　鸭子在睡着石头和枯叶的路上

而我越过这些，都是很容易的

经过花园，匆忙的赶车人，疲惫的面孔长驻无尽的旅途，每一
　　个旅馆都透出灯光，每走出一扇异乡的门，就找回几个铜板

而得到真正收获的人，只要坐在路边，在这样的季节摆出一个
　　尊贵的姿态

7

珍珠啊，你站在那里是在等我吗？是你的主人叫你等我的么？

我多么想拥有你，可你太贵重了，我只是一个邋遢的穷人的
　　孩子

我知道，你就要消失了，在那些贪婪的人的手里

我知道，你就要消失了，在那些饥饿的人的手里

我转过背去，我可以让自己消失吗

8

当我的呼吸在广袤的天空里呼吸的时候，我只能守着风的出口

急流带着中午残留的脚印进了村庄，那些会跑的，会跳的，都
　在河里飘着

船儿啊，你穿梭在小孩清脆响亮的啼哭中，轻轻摇，轻轻唱

你最后也睡着了么？

饥饿啊，你还在黑夜中找寻一只腐烂的苹果么？

我走过那里，那片曾是谷物丰盛的土地像我外婆的眼睛一样凝
　望着我

黄昏啊，您已向善良的人们散开金色的长发

我却还带着沉重的包，艰难的行走在渗透汗水的丛林；在燃烧
　的篝火旁的人们像天堂里快乐的跳舞草，和饱满的麦子一起
　唱歌

他们赤裸着身躯，露出的黝黑的皮肤发出能够摧毁一切的光芒

哦，哦！我接受了他们热忱的款待，并且取走了一些幸福的微
　笑，并且取走了一些跳动的火苗

9

当寒风吹走了唯一一颗落地的坚果，亲爱的外婆，我已走过您
　的墓地，走过了那些卷着果子的干草堆

前面的天空，白色的开始降下冰雹，黑色的开始消失太阳

可我不怕！哦，外婆，我抓住了曾游过我们窗前的那条正冬眠
　的美丽的毒蛇，虽然它还睁着眼睛

可我不怕！哦，外婆，我收起最后一张空而沉重的大网，将它
　搂在怀里，虽然它的下面还滴着水滴，那冰凉的水滴

2023.10.16

附录

一种现实必须有一种符合它的表现形式，而不是千篇一律
——张杰对话诗人小跳跳

张杰：请谈谈你的童年。

跳跳：童年喜欢看窗外的雨、行人，不喜欢坐车，又很顽皮，父母更喜欢妹妹多点，作为姐姐，什么家务都要会做，特别喜欢去外婆家，不做作业，也能算过得风调雨顺。想写就写了。

张杰：你写诗是从哪年开始的？

跳跳：2002年下半年吧。

张杰：写诗以来，你是否觉得诗歌改变了你的命运走向和生活轨迹？从2002年开始写诗，到现在，估计你写有400－500首诗吧。

跳跳：没改变什么，我的主业不是写，最终明白的道理是，生活是需要自己的努力去创造的。不知道写了多少，没算过。确实不多，还是不够勤奋。

张杰：从2011年到2021年，除去其他诗作，这十年，光爱情诗一项，你就写了近70首，我这次也是第一次读到，整体水平很高，令人惊叹，语感那么好，点到为止，气质优雅，超凡脱俗。对此你有何想法？

跳跳：没什么想法，这样说好像写太少了。

张杰：国内外的爱情诗你以前读过一些吗。你对自己的这

些爱情诗怎么评价。目前，我觉得这些诗作浑然天成，成就非凡，构成了你作品的一个极其重要的成果部分。

跳跳：算不得什么成就。这就像人生，必须要经过的不同的转折点中的一个，回过头来也许会感慨一下，但是也仅此而已，这也不是谦虚，而是经历过，才会觉得往后的路，才是更重要的。

张杰：你真的获得爱情了吗？

跳跳：没有过。

张杰：你说，你没有获得爱情？

跳跳：是的。

张杰：许多人倾其一生，也没有获得爱情，没有获得爱情，而处于一种爱情的想象界，这是否也是写作爱情诗的动力？爱情的获得，你认为怎样才算获得？两人心心相印在一起生活才是获得吗？

跳跳：想想自己的情感就是爱，想想自然的事物就是爱，内心渴望的就是爱，而现实，是无法有爱情这种东西存在的。喜欢写，喜欢不同的表达方式让文字带来满足，这就是动力。

张杰：除去爱情诗，你的《在灵堂》这首诗写于 2011 年 5 月 22 日，这首诗对死亡这个题材处理的也非常到位，这首诗的创作动机来自哪里。

跳跳：《在灵堂》那首诗，是因为参加了一场葬礼。

张杰：除去爱情诗，你的其他诗也是异彩纷呈，可圈可点的好诗非常多，《针织》这首诗也非常好，这首诗有轻叙事，讲了一个家庭的悲剧。请谈谈这首诗。

跳跳：感同身受吧，诗还是要来源于生活。

张杰：刚从你作品最新链接里，整理到现在，又选了一些诗扩充进上面两个时间段的文件里。跳跳诗选：诗13首（2004.7—2011.5），跳跳诗选：诗75首（2011.5—2021.5），现在一共选了88首，这次选诗就这么多吧。目前，你的诗作按写作时间你系统整理过吗？你的写作第一阶段从2002年到2004年，处于探索和摸索期，从2004年到2011年，进入一个新的开始，爱情诗有一个相当重要的比例，整体水准也很高。从2011到2020算第三写作阶段，目前，算第四阶段的开始，在这一阶段你有什么写作的设想。

　　跳跳：对于生活我会设定目标，但是写的话基本没有很清晰的设想，文字需要不断地磨炼，也需要符合实际生活的思想的浸润，写是喜欢，那就可以随心。

　　张杰：作为70后诗人，你对国内70后诗人的写作有哪些评价。对王天武、许梦熊、胡桑的诗，你有什么评价。

　　跳跳：对于他人，我不做评价。对于王天武、许梦熊、胡桑，对于朋友，则有高于评价的价值。给许梦熊十章，那段最后先生所说，是引用的沈方老师的话。我在（诗生活网站）早班火车（论坛），就称老师为先生。我的学习也是受益于老师的教诲。王天武是我写诗路上最好的兄弟，也是互相尊重的人，我们一起开始学习的，他在诗路上比我勤奋得多。加上这个吧。

　　张杰：那诗生活网站的早班火车论坛，等于是你诗歌的一个启蒙之地了。

　　跳跳：（诗生活网站）早班火车（论坛），是我的启蒙之地。

　　张杰：国内，你比较喜欢的诗人有哪些？

跳跳：我没有特别喜欢或者不喜欢，只有喜欢读或者不喜欢读。所以，外面的人或者刊物，跟我没有多大关系，我有几个要好的朋友，努力生活着，写写，就可以了。

张杰：在常熟尚湖度过的童年，对你有何影响？
跳跳：我童年是在李市外婆家过的。

张杰：李市在哪里？
跳跳：常熟市古里镇李市村。最快乐的时光，外婆也是我最难忘记的人。

张杰：那外婆你能谈谈她吗？
跳跳：外婆是个很能忍耐的人，没有文化但是三观很正，勤劳的农村妇女，现在我怀念她时，总觉得她有学者一般的光芒。

张杰：对于下面的"幽灵部分""假象""自我否定""构建自我"，作为一个诗人，你遇到这四个词时，是如何思考和应对的？2016年马塞尔·杜尚奖获奖展览上展出了电影短片《思考记忆》，片中采访了外科医生和心理分析师以及一些截肢者，被截肢部分在物理上的空缺并没有导致心理上的缺席，截肢者大脑时而能反射出已截肢部分的痛感，这一现象被心理学家称为"幽灵部分"。片中Kader巧妙运用了镜子的反射得以呈现出一个截肢者完整身体的假象，假象背后这些曾经完整的身体要在对自我的否定中继续生活下去。在这个几乎是为完好无损的躯体构建和设计的社会中，心理学家如何缓解截肢者的自我否定，帮助这类群体以不同的角度重新构建自我是引起观众探讨的问题。
跳跳：这个有点难回答，我没看过《思考记忆》，但我认为心里暗示、磁场及阴影是存在的。任何词语或者概念，在不同领域会有不同的解释，但任何回答都有局限性，"幽灵部分"会让我想到，一个人的生活体验对文本的直接影响，我认为性格或记忆中缺失的部分，抑或身体上的某种缺陷，以及一些激动、悲伤、愤怒，或恐惧的情绪，在文本中比喜悦更富有表现力，也带来了更大的创作动力，因为快乐永远在追求的路上，而痛苦总是需要沉淀下来，写作可以看作是一种倾诉方式，这些藏在脑海深处隐晦的源泉，像一股被积累起来的暗涌，在某些时刻不仅操控了写者，也操控了读者，这些记忆以文本的方式出现，如同"幽灵部分"，让写者与读者在文本的共鸣间完成了记忆与思想的传递，因此我还进一步认为，个人个性的"幽灵部分"，很大程度上成就了他独特的写作方式。我想，我的生活对我的文字也同样是有很大影响的。

因此，假设这个说法成立，那么面对"幽灵部分"不可避免地出现，我不会选择逃避，正如生活带来的各种不幸，那么只有母亲的一句话去坚持：日子是要过下去的。而我认为喜欢的东西仍然要喜欢下去。

所以——假象，我能不能说，它无处不在，好比我们在谈话，你看到我的情况，是真实还是假象？所以，就看怎么看待它，它在被实验的镜子中，还是需要出现在诗歌里、生活中？是在心里，还是可触摸、可感受。那么，重新构建就是一个不可忽视的问题，重新构建与自我否定，我认为是矛盾与统一的两个层面，我同样需要假象来重新构建将文字表达出来，但我不同阶段又需要不断地自我否定，因此，作品可以看作是对现实还原的一种假象……这个话题有点广了，要说很多说不完，因此打住，我用一句话概括：拥有正确的三观，对写作依然很重要。

张杰：对江南诗，你有什么想法。

跳跳：我比较喜欢古代的一些江南诗，我认为要用现代的语言描述出那种简洁而深远的意境很难，还需要探索。

张杰：每天繁忙的工作，是否影响了你的写作。
跳跳：会有影响，选择生存就必须有所牺牲。

张杰：谈及现代主义文学，人们往往联想到反传统、反理性、表现心灵深处的客观真实和孤独感等一系列具有挑战性和创新意识的特征。当代诗与传统的关系，你怎么考虑。
跳跳：我认为创新与挑战是必须的，但不是以反传统、反理性为理由，在不成熟的道路上，疯狂极端容易走歪。现代主义文学的语言是一个新的开始，我认为它还处于萌芽状态，日后的路还很长，所以它绝对是需要发展的，而同时，传统也是需要存在的，现代主义文学与传统应该是并存的，从传统中汲取的精神力量，抑或精华部分，我们有责任以新的意识形态去改变和发展，这才是要探索的正确道路。

张杰：你写作有无参照系？
跳跳：写自然会有参照，刚学走路是模仿、学习，然后是尝试各种花式走路，然后就是走自己的路。

张杰：对美国自白派诗人，你有什么想说的吗。
跳跳：人是做不到完全坦白的。我认可两种诗歌，一是本身文本好，从语言结构到表述意义都能产生共振的。二是特定时间、事件或时代能产生特殊价值的，不分派系。

张杰：对中国当代诗歌，你有什么想法和批评吗。
跳跳：现在没有想批评的想法，年轻的时候喜欢批评，出头冒尖，许是年纪大了，越来越趋于平静，只是我感到，国内好诗太少。

张杰：如果再写30年诗歌，你期待会是怎样一个状态。

跳跳：自由。时间自由、思维自由，文本也更自由，有利于更好地创造。30年，我健康的话，应该还在，那就继续。我感觉我还是很自我……

张杰：写作时，你更认可文本内部的理性和智识？还是你更认可自身的感受和经验？

跳跳：更认可文本内部的东西，每个人的自身感受不同。中年思考的东西大部分要沉稳、平静些，对人生的生死感悟会多些。可能更偏向于观察社会与个人感悟。

张杰：你是女权主义者吗？你对女权主义有何见解。

跳跳：我不是女权主义者。

张杰：英国学者理查德·保罗提出弱势批判和强势批判，弱势批判是为了"怼翻"所有反对自己的人，坚决抵制和驳倒那些不同的观点和论证，将反对者驳得哑口无言、乖乖认输，以此作为批判性思考的最终目标。相反，强势批判性思考要求我们对所有的主张都提出批判性的问题，不仅"怼天、怼地、怼空气"，还要和自己的观点"抬杠"。对此"弱势批判"和"强势批判"，你有何个人化的看法。

跳跳：如果一定要谈个人看法，按照他提出的，弱势批判看起来还有点理性、底气，但是也容易偏执。当然，批判是为了新观点的产生，先不论它正确与否，这也是人类社会文明进步不可或缺的部分，有批判才有改变、发展。但对于强势批判，毫无理性，我感觉是看到了一个疯子，无止境、全方位地批判下去，好比非要到自己把自己杀死的地步，我想，真是太闲了吧。我说话比较直接。

张杰："灰暗""厚重""深沉"是你追寻的创作风格吗？

跳跳：不同阶段的追求不同，曾经尝试过"灰暗""厚重""深层"，但绝对不是我固定的创作风格。

张杰：博尔赫斯主张"世界"和"自己"都是一种虚妄。你对此有何见解。

跳跳：年纪大了，经常会听到一句话：人的一辈子是空的。今天不知道明天。兴许，这个世界并不虚妄，人的身体却是虚妄的；精神世界因为传承而并不虚妄，但脱离精神世界的世界该是虚妄的。

张杰：宋琳在《诗与现实的对称》一文里曾言：现实的未来向度取决于转机，有为的诗歌应该是变化之转机的发现和预示。与王夫之同时代的文人方以智将历史学命名为"通几之学"，当代诗学中的历史个人叙事，也是与未来那可能的现实之未知事物的对话。对一个当代诗人来说，其中"当代诗学中的历史个人叙事"无疑是极其重要的一个当代诗写部分，对此你有什么见解和写作实践吗。

跳跳：我想问：当下雨或夕阳西下，晒在外面一天的衣服，要不要主动收回来？每天家里的琐事要不要主动去完成？如果把当代诗作为必须要完成的家务，那是不是该把历史写上？答案应该是是。这是一个沉重而重要的话题，诗歌以文本来讲，形式比较个人；以叙事来说，表现力比较薄弱；但我认为对历史的构建是推动诗歌这一文化形式发展的必要，因此一个优秀的诗人能称之为诗人，这里我想强调，诗人应该有这样的觉醒意识，以及拥有涉及的一定的思考，作为这个身份去做，或者努力去做。以我个人来说，我认为自己还没有成为诗人，生活的沉重和压力让我不得不按着暂停键，因此，比较惭愧，我暂时还是那个，虽然有着意识，但认为家中的其他人一定会去收衣服的那一个，我要先完成需要我完成的。

张杰：回答的谦卑，很精彩，也对大家是个教育。这个问题，让我看到，小跳跳具备了大诗人和一流诗人的内在素养。

跳跳：没有没有。很少有人会去真正关注这些，大部分人诗都不会读完。

张杰：对，很少有人去真正关注这些，这些其实是内在重要品质的构成要素，需要诗人清明，谦卑，有对现实深刻的认知，因为当下现实都来自历史，当下现实不是凭空就这样来到我们眼前的。

跳跳：是。虽然我不看重这些，但还是谢谢张杰给我整理东西到深夜，读别人诗是件辛苦的活儿，很感谢。

张杰：不过，读你的诗，的确读得很愉快，因为好诗很多，你低调，稳重。今天，读到山东诗人赵雪松的一些诗，我给雪松兄回复：我读当代诗人的诗，现在很大的一个纠结是，有的诗人在诗中"爱独断"现实与历史，但那些"独断"有些是对的，也有些"独断"是不对的，有些"独断"是偏颇的，有些"独断"是有违历史，是反历史理性的。而读雪松兄的诗作，我没有以上这些纠结，这是一种来自作者主体的清明、谦卑和极度清醒认知现实与历史，不随便发"独断"所产生的民间朴素境界。对诗人在诗里的"独断"，你有何感想。

跳跳：真佩服你总能很认真读别人的诗。我简单地认为：有真本事独断自然是好的，到没有人能超越的阶段，不管是文本还是思想、含义，独断也会有独断的魅力，但没什么本事还是不要独断了。不知道说得是否清楚？我指的是写诗的功力以及观念，自然也包括了自由地表述。

张杰：是的，缺少真知灼见，缺少普世独立思考，独断最容易偏颇和出错，出现硬伤。如果具备民间公知的独断能力，那独断的确很有魅力。美国夏威夷大学教授、中西比较哲学学者安乐哲曾言：人类面临全球变暖、流行病、环境恶化、收入不平等、大规模物种灭绝、国际恐怖主义等问题，单赢模式的个人主义意识形态是一场人人皆输的游戏。我们需要的不是西方化或东方化，而是东西方化。对此你有何评论。

跳跳：关于这一点，没什么意见能发表的，因为我想到过环境的问题，但也只是想到而已，个体已经渺小到想忽略这个问题，我没有东西方文化的概念，潜意识里，我更喜欢传统，更渴望恢复那种车马很慢，一生可能只爱一人，只见一次的世界，让大自然统治一切，而不是人类妄想控制自然。

张杰：对日常生活现实，诗人每天都要面对的这样一个主要的时空对象和事实发源地，你认为该如何去处理日常生活现实。

跳跳：因为不得不承认自己在现实中，在生存中，并被折磨，要从厌恶这种折磨转变成享受这种折磨。因为生命就是体验，并且只有一次机会，再把这种体验转化成文本，而怎么做，就是用不同的诗歌形式，用不同的方式，找不同切入点，我认为一种现实必须有一种符合它的表现形式，而不是千篇一律。

2021.6.18

好友们的树洞

赋形者
——致小跳跳
胡桑

尝试过各种可能性之后，
你退入一个小镇。雨下得正是时候，
把事物收拢进轻盈的水雾。

度日是一门透明的艺术。你变得
如此谦逊，犹如戚浦塘，在光阴中
凝聚，学习如何检测黄昏的深度。

你出入生活，一切不可解释，从果园，
散步到牙医诊所，再驱车，停在小学门口，
几何学无法解析这条路线，它随时溢出。

鞋跟上不规则的梦境，也许有毒，
那些忧伤比泥土还要密集，但是你醒在
一个清晨，专心穿一只鞋子。

生活，犹如麦穗鱼，被你收服在
漆黑的内部。日复一日，你制造轻易的形式，
抵抗混乱，使生活有了寂静的形状。

我送来的秋天，被你种植在卧室里，

"返回内部才是救赎。"犹如柿子，
体内的变形使它走向另一种成熟。

夜阑珊
——致小跳跳
许梦熊

光阴如火如荼，
四月的树木回暖
河流比天空宽阔。

浪花催促星辰，
黑暗曾经漫无边际，
当然也会结束。

夜久语声绝，
布谷朝着晨曦叫，
我们默默醒来。

一切都变了，
爱令躯壳如铁，
却让心柔软。

亲爱的黄昏
——给小跳跳
王天武

亲爱的黄昏，穿上了它的蓝色和黑色
把温度的头压低

亲爱的黄昏到她的岛上去了
到她的女人们那儿去了
亲爱的黄昏在一棵树的身上
挺拔的树身上
亲爱的黄昏披着长发

到创造世界的鸟儿那儿去了
她快乐地叫着，喊着星星
那些花朵静静地在她的怀抱里开着
牲口安静地在她的怀里抬起头
看着到来的黑色世界

亲爱的黄昏到溪流那儿去了
到大海那儿去了
她安慰着一头牛啃过的草、玉米苗、小麦苗
她安慰一个主队输球的球迷
把柔和的光撒在他身上
亲爱的黄昏到一对恋人那儿去了
比绵羊还柔软的在他们的嘴唇上
把香味留在他们的唇上

亲爱的黄昏到泰坦尼克号上去了
到露丝和杰克那儿去了
也到莱昂纳多·迪卡普里奥和凯特·温斯莱特那儿去了
也到山口百惠和三浦友和那儿去了
亲爱的黄昏到四十年前那里去了

亲爱的黄昏到在灰色和青色的石头上唱歌
亲爱的黄昏的歌声渐渐黯淡
成为星星

亲爱的黄昏到夜空那里去了
到我过世的母亲那里去了
亲爱的黄昏在肉体里的回声
在欢笑里的回声
在辽远里的回声

亲爱的黄昏乘着船到深夜那里去了
到星光里去了

后记

就是喜欢诗

小跳跳

当久石让的《天空之城》再次奏起，我脑海中同频出现了11年之前的记忆，依稀记得自己苦练吉他的那一刻，右手食指的肿痛正是从它的音符开始的，虽然没有坚持成为吉他手，但心与手指都默契地为生活开垦出了茧子，缠绕上了这辈子的点点滴滴。

唯有困苦能表现出折磨人的力量，困苦在，我与之抵抗的心力便在，2002年也是多灾多难的一年，在孤独、抑郁的囚困中，在家人的反对与丈夫的背叛中，我开始写作，2003年是我与诗歌缠绵的一年，如同在童话世界中，我是个满脸泥浆不被待见的野丫头，我与诗歌闹别扭，我与诗歌做游戏，我与诗歌同吃同睡，我们做了共同的可爱的梦。我用我的木剑，挥舞在各个论坛，有时候还煞有介事地做了一个文人，其实骨子里就是个"屠夫"，在石破天的论坛里尽情"屠杀"，进行了一场场"决斗"；在诗歌报与诗生活也是玩得欢快，诗，就是快乐，就是我最好的玩具……多么美好的记忆，而我成长的记录，在成为早班火车的一名乘客时，一字一字，一首一首，全部被深深雕刻在那张车票上了。我与天武一同，在友谊的小船上飘荡，在沈方、悬浮、一方的指导下，我写下了《红花》《空白》《日记》《蝙蝠》《一把椅子》等，尤其是在2004年写下了沈方老师一直提及的《针织》，它不仅仅是老师对我的一次表扬，更成了我跟沈方老师之间的某种对彼此存在的肯定，至少我是这么认为的，这对我来说多么重要，对于我这个，对诗歌文本要求苛刻的人来说，它就是照亮我黑暗的诗歌路上的一束光，我便这么深深记下了。不管哪一年，我的生命发生什么变故，不管诗歌世界会如何变化，我却是要一直记得这首诗脱离文本之外的意义了。

2003年是我最勤奋的一年，也开始有作品发表，《星星》《中国诗选》《诗选刊》等，但我一直不喜欢过多提及，发表过作品的杂志刊物也并没有收集，因为我想写最好的诗，我一直无法对自己满意。就如同，对待生活那般：我的，尽可能完美。但生活又有多少完美？多年后阿笑拿出他珍藏的诗选刊，上面有我一组诗，并且以礼物的方式赠予我，嘱咐道："不要弄丢了，这可是我藏的最后一本了。"说得我内心羞愧，对于诗作，兴许他人珍藏的程度都远胜过于我。

但创作年表怎么写？我还是太单薄了。我是一个极其普通的女子，一个再平凡不过的孩童，长大后的我只知道我是某顾（鼎臣）的后人。而童年记得学走路时非要努力跨向比我高的楼梯，外婆庭院里种着会闪光的绿色枣子树，母亲惊讶于我的记忆竟然从学走路就开始了。但奇特的是，我只记得我想记得的东西，事实上我从小就是马大哈。1979年1月13日凌晨"脚踏莲花"出世于常熟任阳，差点将我母亲的命给踹走了，也差点将自己的小命送走，助产师顾医生使劲将我拍醒。1984年，5周岁我就到任阳上一年级了，在此之前，我一直在外婆家，外婆的质朴勤劳一直影响着我，但这样的性格也养成了我不敢与外面的世界接触。经常，小小的我就站在窗前思索；经常，我去文化图书馆借格林童话；经常，我独自徘徊在借书与还书之间；与调皮沾上之后，我便开始不爱学习了，甚至没有父母陪伴的我会夜不归宿，尽管年幼却直接将同学拐骗回家，这是我一年级的记忆碎片，中学我在任阳中学就读，没有波澜，没有早恋，毕业后我读了会计，在进入一个公司集团的舞蹈团与成为通讯员之前，我都没有开始写作，但经常，读琼瑶、言情书，读散文；在上学的路上哼着自己编的小曲，我想，那时候开始，我就拥有创作愿望了吧，或许是更早就开始有了，直到经历一些变故，不向生活低头的我才开始提起了笔。

但诗是我活下去的心，是我的隐秘世界，是我迷失的双眸，是我掉进深渊再朝上爬的力量，是我失去就会枯萎的灵魂。诗就是我与大自然的爱情，在现实生活中，累了，我就可以在里面躺躺，或漫步，或遨游，或表白，或自嗨。比如《把我种植在你的土壤中》《夜色美好》《让我站在海边》《爱情》等。有一天我就那样在升起的半空中，我消散了，在现实与诗歌之间，我写下了长篇小说十几万字的《七浦塘》，依稀记得是这个名字了，因为不记得了，所以总要用一个特殊的名称以便永久地记住它，在记忆里，在生命里，它以意识流的方式来拜访过我。是的，您猜得没错，它又被我搞丢了，这部长篇世上只有一个人读过，就是好友胡桑，那一年，我给他的邮箱发送过去，在今年我准备出版这本诗集时我便跟他提及了这部小说，胡桑说：我还给你写了评论呀！是呀，我可是把人家的评论也一起给弄丢了。但也因为这样，这部小说的真面目便能一直藏起来了，也因为只有胡桑读过而变得尤其珍贵了。可能正是我的丢三落四，我的同伴——诗歌，便害怕我连自己都丢了，便一直陪伴着我了。

之后我又写了好几部短篇小说，其中《女人与标本》有幸受到张杰的偏爱，帮我从诗生活里找了出来，另一篇《寂寞》就没那么幸运了，因为我不记得自己用的名字再也搜索不到，它便永远陪着诗生活而去了，因为到写这个后记之时，诗生活宣布在2023年8月12日正式关闭。显然，诗歌的分量在我的世界比起小说更为重要一些，我不能信任生活，因而完全信任诗歌塑造的世界；但可笑的是，我不能离开生活而完全选择诗歌，在诗歌与生活之间，我两次选择的都是生活。2003年，广东人诗歌论坛的何必向我伸出了橄榄枝，在我被家人抛弃的时刻，在梅花落与赵的帮助下，我潜逃了。我奔写作去了，我去了虎门，在任编辑一职时，我感受到了自己内在真真切切的力量，我也很努力，但遗憾的是在一些不可能抗拒之力的影响下，以及我在后来的反省中发现，原来当时的我并没有想象中的那么勇敢，在与家人的选择中，我还是妥协了。这也是一直留在我内心对何必的愧疚。

这种愧疚直到今年，我在微信上第一次给何必发去消息：经过一些生活上的波折，小棉花要出诗集了，要对自己的过去做一个总括，以后将有一个新的开始。所以，我的诗集里怎么能没有你呢？不行，绝对不行。何必给了我一句话：心有阳光，再寒冷也是春天。原来，何必一直保存着他的光，不管哪天，它都能照亮我，从广东，或从这世界的任何一个角落，都能准确地射向我，给到我温暖。原来，我生命中失去的从来没有失去，只是某段时间它离席而又能在某个时刻恰到好处地归来。

想来，一切都会归来，我的人生最终也将回到土里，归于大自然。我写了很多关于自然的，10年之后的我开始从网络移居到现实，之后我加入了作协，结交了一些常熟的本地好友，他们都喊我"跳跳"，小跳跳最初名字的来源是出于我喜欢跳舞，我想，有些细胞就是天生存在的。那段时间便开始了一些"有目标"的写作，比如《寻觅黄草荡》《我们是菜花》等或与人文历史相关的作品。这个时期，我很穷，因此我不受家人待见，我也鲜少出门，总是蜗居在家中，在并不融洽的家庭氛围中相夫教子。尤其记得早年去参加了一次上海诗歌报举办的金秋诗会，我被关闭在家几个月，不准开电脑、不准上网，甚至不准用电，不准收信，不准接电话，我都不记得有多少个不准，唯独记得被爸爸搡的那一刻，我是极其恨这个家的。因此，以至于后来我每次偶尔出去都胆战心惊，不敢停留太久，总是一个人悄悄离开了。我写下了《原谅》，这也是我不能选择诗歌的原因，唯有努力赚钱，我才能让自己的生活多一些自由的空气。

毫无疑问，我现在是自由的，我也有了《旅行》这一首，因为我有了相对稳定的收入，我养活了原本讨厌我的一家，盖了自己的小别墅，与父母也有了和解，因此家庭的地位也随之而攀升。随后我写下了很多关于父亲与母亲的诗作，如《递给我已经焐热的伞把儿》《皮影戏》《秋》《湖畔》《平原》《五月二十八》。但我也离异很多年了。但我想，诗歌是理解我的，我想，诗歌是默默欣赏我的，我想，诗歌是会永久陪伴我的，我想，我对诗歌的热爱，也是与任何人都不会是相同的了。

但那根一直将我锁在现实中的铁链，永远不允许将完完全全的我交付给写作，生活总想绝对地占有我，而我也同意了。在现实与诗歌的选择中，第二次我依然决定选择生活，就在今年，在出版这本诗集之后，我要全身心投入到中医的学习中去了。我肯定，诗歌是会继续陪伴我的，我肯定，我最终是要与诗歌携手下去的，诗歌中的那个我，同现在的我，我们是相爱的，我们将一同耕耘这剩下的人生。因为对家庭最大的爱，我已然不能放下，它被这么多年的困苦扩大了。天武选择了诗歌变得优秀，而他的病却给了我莫大的警示。"我不要，我不要！"我不要自己或家人过那些被病痛折磨的日子，甚至，我希望自己能帮助更多的人，因此，我的诗作再次回归到自然的道中，潜意识深处的这种愿望，这种犹如使命一般的念想，早已经悄悄播种在我的诗歌中了。

写在最后，音乐也快结束了，胡桑认真读了我的每一首诗，让音乐之弦上的每个音符都得到了完美的诠释；写在最后，胡桑传给我 2011 年在沙溪柔刚诗歌会场拍的照片，那时候的我依然有着骨子里的个性，在困苦中依然不屈服，"那时候的我们天真善良"（胡桑话），那时候我的眼神，依然能唤回我死去的初心，而我这一生的爱情，终究是没能留在我的生命中了，兜兜转转，经历过无数次失眠中患得患失的痛苦，我决心放弃了。但并不遗憾，因为我最深的爱是大自然、最深的情，是长久的友情，在我准备出这本诗集时，朋友们的手，朋友们的光，都温暖地落在了我的身上、心中；我就想着一定要有陪伴我的朋友，一个、两个、三个……最初的愿依然是我最后回归的心，让作品赋予意义的手，俨然或一直，唯有那实实在在的每一天。

2023年8月